張小嫻

AMY CHEUNG

愛情王國

我們說好不分手

Together Forever

張小嫻

散文精選

愛一個人，
也許有綿長的痛苦；
但他給我的快樂，
也是世上最大的快樂。

目錄

Part ONE 談一段轟轟烈烈的戀愛

Part TWO 女人永遠不應該讓男人知道

Part THREE

可不可以不要牽掛一個人

Part FOUR

帶著微笑付出

談一段轟轟烈烈的戀愛

Part ONE

談一段轟轟烈烈的戀愛

電視上一個女演員說：「我每一段情都是很轟烈的。」不知道她對轟烈的定義，從節目中的前文後理看來，她所謂的轟烈是充滿暴力的。相愛的時候，大家滿身齒痕，吵架的時候，也許是我摑你幾巴掌，你扯著我的頭髮。分手的時候，大家扭作一團，你變成獨眼龍，我變成鐵拐李，如此方休。

每個人都說自己要追求一段轟轟烈烈的戀愛，什麼才是轟烈？

為了一個女人，拋妻棄子虧空公款打劫銀行鋃鐺入獄，這不叫轟烈，這叫失常。為了一個男人，背叛父母離家出走下海伴舞割脈自殺與他同歸於盡，這不叫轟烈，這叫愚蠢。

愛得死去活來互相虐待嗜血成狂，以為愈暴力愈愛你，這不是轟烈而是暴力，應該去看精神科。

這些所謂轟烈不過是一聲響雷，從此聲沉，換不到餘音嫋嫋。

真正的轟烈，是你能夠與一個人長相廝守，無論外面的世界變成怎樣，無論身邊有多少誘惑，你有勇氣負擔責任和承諾，即使有軟弱和懷疑的時刻，你會變得更堅定，你會盡你此生最大的努力來保護他和令他幸福，你捨不得動他一根頭髮，也不會讓別人動他一根頭髮。你們是如此轟烈，戰勝了光陰。

瞬間的悠長

有時候我會希望身邊的男人為我做點小事情。

也許只是去廚房幫我倒一杯白開水，去幫我開燈，拿一件外套，又或者當當跑腿，幫我買點好吃的東西。

這一切，本來都可以自己做，而大多數時候，我都是自己做。然而，當自己喜歡的男人就在身邊，你會突然想懶惰一下，希望他肯為你服務。不過是走幾步去拿一件外套或擰開一盞燈罷了，只要一開口，就有人願意為你做，那種感覺是不一樣的。

男人這時候說：「你自己為什麼不做？」是個非常小器的男人，不值得愛。他乖乖地去做，或者一邊說：「你這個人真懶惰！」卻一邊帶著微笑去做你的奴隸，我會很感動。

不是要你為我赴湯蹈火，也不用你山盟海誓，說什麼一輩子也會照顧我。一個男人為所愛的女人死而後已的機會，說不定今生今世也不會出現；至於承諾，也許會消逝。然而，在我不想動的時候，肯為我上廚房倒一杯熱茶，或者在我疲倦的時候幫我抹臉和換衣服，這些機會，一輩子多著。

他不必愛我到永遠，誰知道永遠有多遠？在我渴求的時候，此刻就是永遠。當我說：「可以幫我綁鞋帶嗎？」而他願意俯下身去為我做一件這麼微小的事情，那一瞬間，便已經是永遠。

最好的，不是濕吻

最溫暖的吻，往往不是濕吻。

最溫柔的吻，不可能是濕吻。

最淒美的吻，也一定不是濕吻。

有那麼一天，女人躺在病床上，形容枯槁，嘴唇乾裂，男人捨不得讓她離去，情深地吻她一下，那個吻是乾的，卻是最溫暖的吻。

男人每天上班之前，讓女人吻一下，時間倉卒，只能輕輕來一個乾吻，卻是最溫柔的吻，女人可以懷念一整天，男人也得到了一天的動力。

無可奈何地分手，無法共度餘生，男人輕輕地吻在女人的臉頰上，女人輕輕地吻在男人的唇上，離別的吻，總是乾的，卻是最淒美的吻。

吻的長度比濕度重要。

不必嚮往濕吻，濕吻只是前奏，必須有下一場戲，但是一個乾的、溫暖的吻，本身已經包含一個故事。

最好的吻，不是喚起你慾念的吻，而是喚起你的愛、回憶和愧疚的吻。

吻的溫度比濕度重要。

一個好的吻，欲語還休，兩個嘴巴雖然分開了，心裡仍然有餘溫。

乾吻更勝濕吻，你拿衣服去洗，乾洗的收費也比水洗昂貴。

只會濕吻而不會乾吻的男人，太沒品味，別讓他吻你。

我心
自有明月

有些人會用一生去守候一個人。

於是，有人問：

「你用一生去守候一個人，也無非是希望他最終會選擇你吧？如果沒有終成眷屬的盼望，又怎會用青春去守候？」

他錯了。守候的本身，便是愛情，不需要任何的結果。終成眷屬，當然最好。成不了眷屬，也無悔一生的守候。

守候，是對愛情的奉獻。

我願意為你守候，不管你將來會不會離我而去。

真心的守候，不需要「守得雲開」。看不到天際的明月，那又有什麼關係？我心自有明月，我們將以另一種形式長相廝守。

你說：「你不要等我。」

我等你，是我自己的事。

守候的日子，是很難熬的。但你給我的快樂，遠遠勝過那些痛苦和孤單的歲月。守候的甜蜜，是你不會了解的。所以，你說：「你太傻了。」

我不傻。當你不愛我，我不會守候，我永遠不會守候一段已經消逝了的愛情。是你的愛讓我守候到如今，一切塵世的喜樂皆比不上。守候，既是奉獻，也是收穫。

男人要的三份禮物

送禮物給男人是一件很頭痛的事，那些什麼都沒有的男人，你根本不會愛上他；什麼都有的男人，你又可以送什麼給他呢？

衣服、領帶、皮帶、手錶、公事包都送過了，沒有什麼新意。送一輛新車給他，不是每個女人都付得起的，除非是用他的錢。編織一件溫暖牌的毛衣給他，也是好主意，可惜現在大部分女人都不會打毛衣。

每次想到要買禮物給男人，就覺得很無助，每一樣東西對他來說，也許不過是錦上添花或者可有可無。送禮物給女人反而容易，單是寶石和珍珠就很多種。

每當女人問男人：「今年生日你想收到什麼禮物？」也是男人頭痛的時候，他實在想不到自己還欠些什麼，他所欠的，根本是女人買不起的。

最後，女人只好用一份禮物的價值來表達自己的心意，她花了一個月的薪水送一份貴重的禮物給他，男人雖然感動，卻會認為這個女人太愛花錢，不是個賢妻良母。

原來，男人最喜歡的禮物只有三份。

一頂高帽。不時向他送上一頂又一頂的高帽，稱讚他、崇拜他。

仰慕的眼神。即使他做了一件很笨的事，你還是送上這樣的眼神給他。

生命的安慰。讓他知道，你會與他同甘共苦，你是他心靈的安慰。

他收到這三份禮物，就會送你很多禮物。

美好的意外

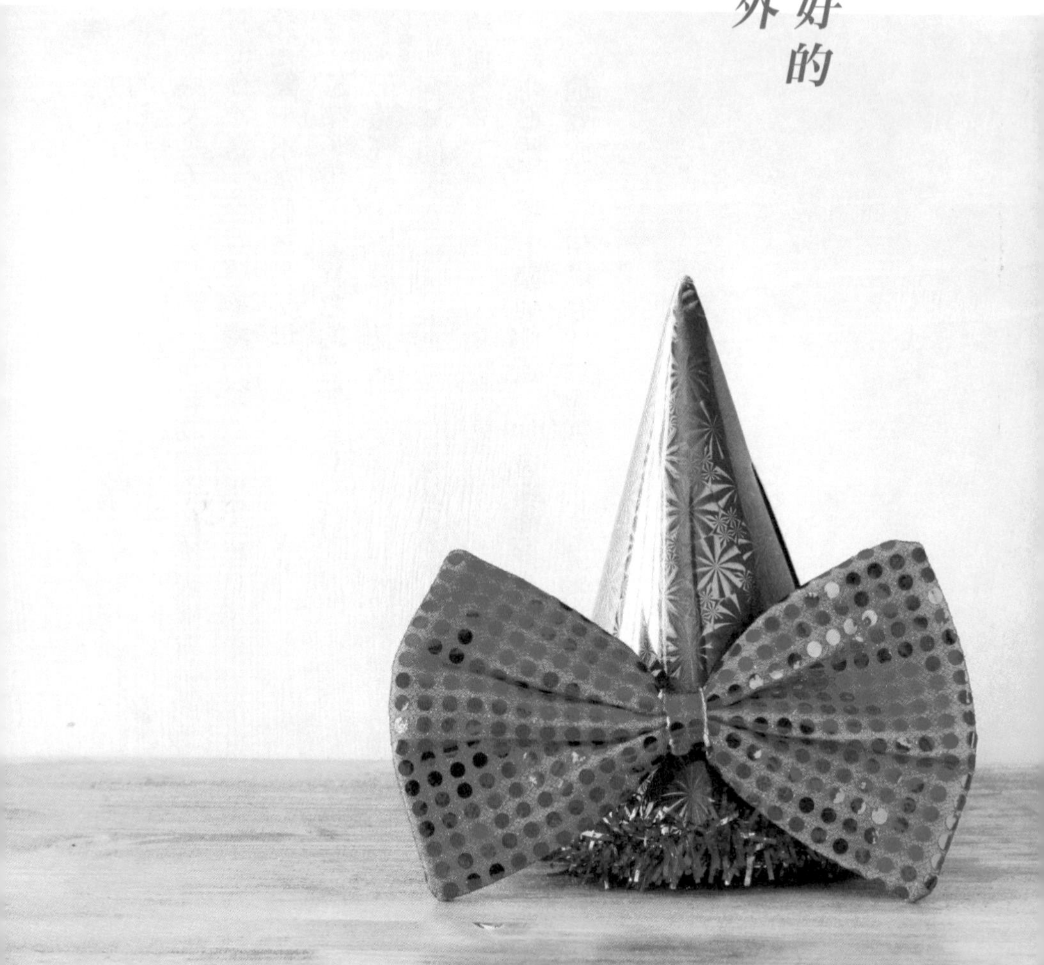

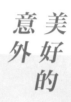

人生中許多美好的東西，都是意外。

那天晚上，朋友約你去吃飯，你本來推掉了，但臨時改變主意參加他們的聚會。在聚會上，你邂逅了一個你喜歡的人，然後和他相戀。這不是意外又是什麼？

你曾經以為你不會再愛別人了，你辭去工作，一個人到外國居住療傷，在異地，你碰到另一個人，你下半生竟然與他一起。這不是刻意的發現，而是意外。

他說今天晚上要工作不能陪你，你一個人孤單地窩在家裡吃泡麵喝啤酒，他突然出現，這意外驚喜往往是愛情裡難忘的片段。

你用了很多方法減肥，總是不成功，一天，你吃錯了東西，患上腸胃炎，上吐下瀉幾天，就減掉你辛辛苦苦也減不掉的七磅。

你拚命趕去車站，那一班車八點正就要開出，而且一向十分準時，你看看手錶，已經是八點零五分了，明知道趕不及，你還是拚命跑，因為你約了心愛的人見面，你不想遲到。終於趕到車站，那班車今天因為某些原因，竟然沒有開走——

美好的東西，往往在意料之外。

在掌心裡，在子宮裡

女孩子說，她很愛她男朋友，她男朋友也很愛她。跟他一起，她覺得自己好像被他捧在掌心裡愛著一樣。

被捧在掌心裡愛，一定很幸福吧？他是巨人國的巨人，一隻手掌比屋頂還要大，她被他捧在掌心裡，就像走進遊樂場一樣，可以隨便蹦蹦跳跳。他也像如來佛祖，他的手掌廣闊得像一片草原，她可以在上面奔跑和歇息。萬一她不小心掉進他的指縫裡，他會把她接住，不會讓她掉下來。

一個男人能夠翻手為雲，覆手為雨，還是不夠的。他要把他的女人捧在掌心裡呵護，她倦了可以在他掌心裡睡，不開心的時候可以咬他的手指頭。

女人愛一個男人，不是把他捧在掌心裡，而是把他收進子宮裡。女人的子宮是最溫暖最安全的，男人也不過是從那個地方走出來。她愛他是愛到好像把他藏在子宮裡，他是她身體的一部分。他能聽到她的呼吸，她也聽到他的心跳。他可以頑皮地在她的子宮裡翻筋斗，也可以在她的子宮裡哭泣。她願意用身體保護他，願意為他提供養分。只要他有需要，他隨時可以回去她的子宮裡。

什麼是愛情？也許就是你知道有一個地方可以去。或者是掌心，或者是子宮。

避雨的愛情

好的愛情和壞的愛情是很容易分辨出來的。

好的愛情使你的世界變得廣闊，如同在一片一望無際的草原上漫步。壞的愛情使你的世界愈來愈狹窄，最後只剩下屋簷下一片可以避雨的方寸地。

好的愛情是你透過一個人看到世界，壞的愛情是你為了一個人捨棄世界。

好的愛情，最狹窄的時刻也不過是在床上的時候，是最擠逼的了。壞的愛情，最廣闊的時候也只是在床上的時候，那已經是最大的空間，人於是變得愈來愈狹隘，愛得死去活來，也無非是井底之蛙。

好的愛情，能夠讓本來沒有理想沒有大志的你，變得有理想和大志，本來偏激的你變得包容，本來驕傲的你變得謙遜，本來自私的你變得肯為人設想，本來沒有安全感的你，變得不再懼怕。壞的愛情與這一切全然相反，你唯一可見的將來就是愛情，沒有別的可言。

好的愛情讓你時刻反省自己付出的夠不夠多，使你不害怕老去，因為即使年華老去，你也不會失去對方。你不會擔心十年後，你們的步伐不一致，因為你們攜手漫步在草原上，而不是在屋簷下避雨，當雨停了，也就沒必要相依下去。

這個缺點好啊！

我們常常說，喜歡一個人，除了愛他的優點之外，還要接受他的缺點。

「接受」這兩個字聽起來很無奈。「接受」是不夠的，我們應該愛上他的缺點。

他這個人好是好了，但是沒什麼情趣，做人一板一眼。沒情趣也不錯啊！起碼他乖。這個缺點很好啊。

他這個人占有慾很強，要你完全屬於他。他妒忌你和其他異性。他要天天都見你。他給你的空間並不多。這個缺點好啊！總好過他一個星期才見你一天。

他這個人沒什麼野心，不夠努力，也不夠進取。最討厭的，是他常常說：「這麼努力幹嘛？隨遇而安就好了。」這個缺點不算缺點啊！誰說做人一定要有野心？

他是個冒失鬼，常常遺失東西，不是忘記這件事，就是忘記另一件事。坐飛機也忘記帶機票。這個缺點好可愛啊！這麼冒失的人一定沒什麼心機。

他不修邊幅。吃飯的時候常常把衣服弄髒，穿得隨便，吃東西也沒品味，又不會享受人生。這個缺點好特別啊！這種可愛的冒失鬼很難找的。

他情緒化、任性、敏感、多情、不能給你安全感。這個缺點好浪漫啊！

從今天開始，不要接受他的缺點，要愛上他的缺點。

愛跟你無聊

有一次，我在咖啡店看到一對情侶，他們定定地望著對方的眼睛，望了好幾分鐘。終於，那個女的眼珠子轉了轉，笑了，輸了。我想，兩個人玩這麼無聊的遊戲，一定是正在熱戀。

人熱戀的時候最無聊了，最傻最傻的事都做得出來，還做得挺高興。最傻最傻的念頭都想得出來，還有人附和你。最傻最傻的情話都會臉也不紅地說出來，另一個傻瓜卻會相信。

戀愛就像人生，刪掉最有意義的部分，剩下來的全都有點無聊。但是，最讓我們回味的，也許正是那些無聊的片段。

你也許不再愛某個人了，卻會懷念有一次，你和他兩個人穿著皮鞋在沙灘上散步，結果，鞋子裡裝滿了沙粒。

我們記得最牢的，往往是些無聊的事。愛情是由許多無聊串成的。一天，你發現，有一個人陪你無聊，感覺原來是那麼的充實。

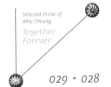

重量級情話

重量級情話也許不是「我愛你」，這三個字沒有獨特性，任何人也可以對另一個人說。重量級情話也不是《鐵達尼號》裡的那一句：「答應我，無論多絕望，你要活下去。」這句話已經太多人說了，況且，並不是每一對戀人也要面對生離死別。

所謂舉重若輕，重量級情話是那些聽起來很輕鬆的情話。

他說：「你脾氣這麼壞，我到底為什麼可以忍受你呢？而且還打算忍受一輩子。」

他說：「你什麼時候才會長大？才會變得成熟一點？我不用再像袋鼠媽媽那樣，常常要把你放在口袋裡保護你。」

他說：「看到你，我無法自持。」

他說：「你會老又怎樣？將來我也會老。」

他說：「來讓我抱抱你，我不知道下一次是什麼時候。」

他說：「我不想跟你吵架，因為我不想你不快樂。」

他說：「不喜歡上班就算了，我又不是養不起你，不過，你以後也許要少吃一點，我才養得起你啊。」

重量級情話要輕若羽毛，在戀人的心頭翩然起舞，那支舞一直跳到永遠。

好的愛情是你透過
一個人看到世界，
壞的愛情是你為了
一個人捨棄世界。

酸苦辣的甜言蜜語

戀人之間，說得最多的是哪種話？那得要看是在什麼階段。

熱戀的時候，彼此之間說得最多的是甜言蜜語。他恭維她，她讚美他。男人稱讚女人，說她是個很特別的女人。女人也會奉承男人，說他跟她以前認識的男人不一樣。要是戀愛的時候聽不到甜言蜜語，也不說甜言蜜語，那戀愛來幹什麼？戀愛就是我們對自己的恭維。

過了熱戀期，一對戀人說得最多的是真話。要想從激情過渡到感情，我們都必須彼此信任。甜言蜜語說過了，這是真誠和坦白的時候。當你愛一個人，你不想說謊，你什麼都想告訴他，你也希望他什麼都對你坦白。

戀人在一起的日子久了，過了甜言蜜語期和真話期，說得最多的是家常話。你今天吃了些什麼？想吃什麼？你今天上了大號沒有？你可不可以洗完澡再上床睡覺啊？跟你說了多少遍，東西不要亂丟！

這個時候，家常話已經代替了甜言蜜語，真話變得理所當然。我們幾乎忘記了，上一次聽到戀人的甜言蜜語是什麼時候。

原來，從相識相愛到遙遙遠遠的未來，一對戀人之間唯一不變的，不一定說得最多卻是最刻骨的，是反話。比如這些：「你不愛我！」「你不需要我了！」「我沒有你也可以！」「我以後再也不想見到你！」「走呀你走呀！」「分開就分開吧，我不稀罕！」所有這些反話，聽起來又酸又苦又辣，卻是另一種甜言蜜語。

賜他甘霖雨露

每個女人都希望賜予一個男人從未有人賜予他的東西。

他從來沒嘗過女人為他細心熬的一碗煲湯嗎？她就為他熬湯。

從來沒有女人為他下廚弄一碗速食麵嗎？她就在寒夜裡親自下廚為他弄速食麵，而且要在上面放火腿和荷包蛋。

從來沒有女人為他做家務嗎？她願意為他擦地板。

從來沒有女人這麼愛他嗎？她會很愛很愛他。

從來沒有一個女人可以和他一起追求夢想嗎？她願意做這個女人。

可是，這一切一切，也許都是女人一廂情願罷了。

當她為他熬湯，她總是希望從來沒有女人為他熬湯。

當她自認很了解他的時候，她總是以為沒有女人比她更了解他。

女人的愛情，就是賜予一個男人從未有人賜予他的東西。我們必須相信，我賜予他的，是最獨特的，是他從未嘗過的甘霖雨露。他是我的，我也是他唯一的。這個「唯一」，不是數量，是素質。

不會太早，也不太遲

著名女伶在接受香港電影金像獎頒發的「終身成就獎」時發表的謝辭，贏得了全場的掌聲，她說：「世事往往很奇妙，不是來得太早便是太遲。」

美好的東西總是沒有在適當的時候來臨，這是大部分人的遺憾。可是，什麼是適當的時候呢？

我們都是貪婪的，總希望同時擁有一切，總希望時間表是由我來編的。可惜，遲或早，根本不是我們去選擇。

工作上，我們不是忙得喘不過氣來，便是清閒得要命。忙與閒，從來都是不平均的。

我們或許都聽過所愛的人說：「我們相遇得太遲了。」我們也曾對自己不愛的人說：「太早認識你了，假如晚一點相遇，也許我會比現在懂得欣賞你。」

假如我們能夠退一步去審視人生每個時刻，或許會有另一番體悟。我們在這個時刻相愛，看似太遲，卻是適當的時候。因為你來遲了，我才懂得珍惜。所有熾熱的激情，是因為一切好像都太晚了。然而，假如你來早了一步，我也許不會那麼愛你。

世事其實都是在它適當的時候降臨，只是我們沒有適當的心情去迎接它。

純粹的歡愛

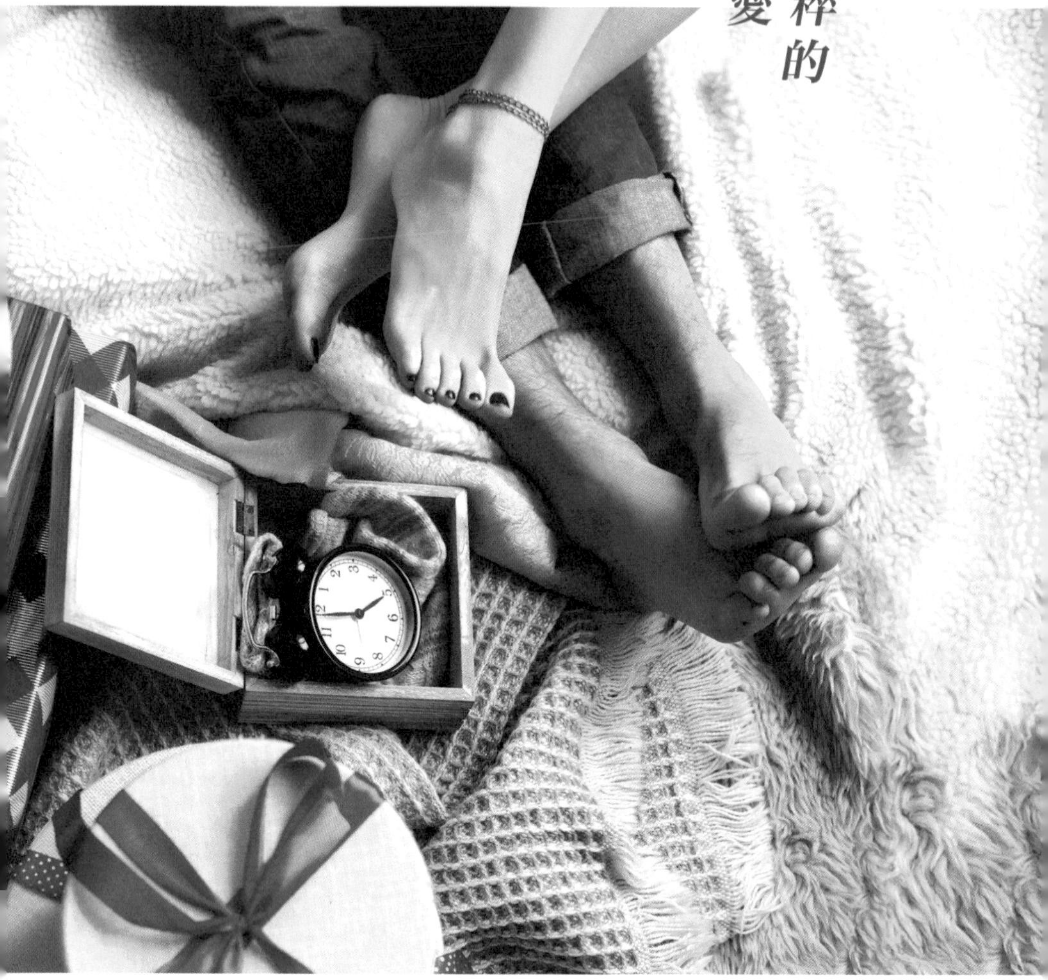

有人說，現代的愛情，更多的以朋友關係為基礎。一男一女，有了朋友的感情，他們的愛情將會更踏實。既然是談得來的朋友，那麼，激情過後，也不會平淡下來。即使有一天分手，終究也是朋友。

最好的情人，是有許多重身分的，既是夫妻，也是父女、母子、兄妹、姊弟、朋友，我們志同道合，互相依存。他是你最愛的人，同時也是你最好的朋友，那該是最完美的。

可是，有時候我們會懷念純粹的激情。

沒有朋友的基礎，完全是兩性的吸引。

第一眼看見你，便沒有想過跟你做朋友，我要跟你談戀愛。

我們並非志同道合，我們只會施出渾身解數，把自己的優點盡量發揮，並且把缺點暫時隱藏起來。我們會投其所好，取悅對方。

我幻想著什麼時候你會吻我，什麼時候你會牽著我的手。

感官的歡愉，是我所企盼的。

我們不可能成為朋友，只會成為情人。分手之後，我和你也做不成朋友。可是，我們就是想談一場純粹的男女歡愛，寧願有一天老死不相往還。

後面的偶然相遇

最好的東西，往往是意料之外，偶然得來的。有時候，拍照拍了一卷底片，最後的一、兩張底片，本來不打算拍了，為免浪費，隨便拍了兩張。誰知道底片沖出來之後，效果最好的就是最後拍的那兩張。

拍照的時候，挑了一大堆精心配搭的衣服，順便又帶了一套衣服。誰知道照片拍出來之後，效果最好的不是精心挑選的那幾套衣服，而是順便帶去的那一套。

你畫了很多張畫，眼看還有些顏料，你隨便再畫一張，最滿意的竟然是這一張。

你約了朋友在百貨公司裡面等，你比約定時間早了一點，於是隨便逛逛，誰知道就在這短短的時間裡給你找到你找了好幾個月的一款鞋子。

你把幾組自己心愛的號碼填在彩券上。填好之後，手上還有一些零錢，於是你胡亂填一張，誰知道中獎的就是這一張。

朋友不停介紹男朋友給你，但是每一次，不是你不喜歡人家，便是人家不喜歡你。今天晚上，朋友說有一個男孩子要介紹給你，你本來想放棄，但反正有空，於是去看看。幸好你去了，他就是你要找的人。

不到最後一刻，千萬別放棄。最後得到好東西，不是幸運，有時候，必須有前面的苦心經營，才有後面的偶然相遇。

回憶那深深的波影

男人有時候是很不解溫柔的。

見面之後，他送你上車，大家揮手道別，車子緩緩開走，這個時候，你轉過頭去想多望他一眼，誰知道他已經走開了。

你們在車站月台分手，你一個人走進車廂，列車的門關上，你拚命在擠擁的人群中探頭出來，想跟他再交換一個眼神，可是，他並沒有望過來。你溫柔的眼波只好留給自己。

他從你家裡出來，你連忙走到窗前，等候他在樓下經過。他經過了，你不斷向他揮手，希望他會抬頭看你，但他真是個笨蛋，他不曾細心到抬頭望望你家裡的那一扇窗。

你開車送他去一個地方，他下車之後，你溫柔地望著他的背影，

希望他會回過頭來跟你對望一眼，依依惜別，但是他竟然沒想過你會在那裡等他的眼波。

除了吻別和擁抱之外，但願我們在道別時能再三回望，直到彼此也消失在對方的瞳孔裡。我的眼睛再看不見你了，在歸途上，我會回憶那深深的波影。

悄悄跟你相逢

某年某月，你愛上一個男人，一天，你無意中告訴他，小時候你住在××街五號，他嚇了一跳，告訴你，他也在那條街住過三年，就住在十二號。

你們當年住的地方原來這麼接近，也許你曾在街上碰過他，你拖著媽媽的手在他身邊經過，從沒想過有一天會跟這個小男孩一起生活。二十年前，你已經悄悄跟他相逢，今天，只是重逢。

許多年前，你曾經聽過他的名字，當時不以為然，只知道有這個人而已，況且，他跟你也不會有什麼相干。今天，你們竟然相遇相愛，他問你：「我們是不是相逢太晚？」

不，許多年前，你已經悄悄跟他相逢。

唸中學的時候，你常常到學校附近一間餐廳吃午飯，一天，你跟他提起，他笑說：「是嗎？我唸大學的時候也常常到那間餐廳吃飯，他們的豬排飯很好吃，午飯的時候，很難找到位子。」

也許，你在餐廳裡曾經跟他同桌，你穿著校服，他已經是個大學生，你們各自跟自己的同學聊天，沒有人會記得曾經跟自己同桌的人是什麼樣子的，那種關係，甚至稱不上緣分。今天偶然提起那間餐廳，你才驚覺，你在許多年前已經悄悄跟他相逢，雖然碰面不相識，但已經埋下重逢的種子。在某個時空裡，你們失之交臂，不是沒有緣分，只是時機還沒來到。

在相愛之前，你們早已悄悄地相逢，那悄悄的相逢，好像是一盤葡萄，時機成熟了，才變成酒。當它還是葡萄的時候，我們從未察覺。有些葡萄，最後沒被選上釀酒，而你和他，從悄悄相逢到重逢，是多麼的幸運，只差一點，你們今生今世也不會重逢。

你的臂彎，我的洞穴

聽說，男人需要有一個私人的洞穴。那麼，當他沮喪、當他受傷、當他疲倦、當他遭遇挫敗的時候，他可以躲在那個洞穴裡。

他在裡面，也許什麼都不會想，什麼都不會做。他不需要傾訴，也不需要安慰，他只想一個人在那裡發呆。

這個時候，女人唯一可以做的，是守在洞穴外面等他。千萬別闖進去，也千萬別把他拉出來。

女人對男人最大的體諒，便是接受他偶爾會躲進自己的洞穴裡。

是的，每個人都需要一個這樣的地方。有一位朋友，他兒時有段日子逃學。每天早上，他穿著校服離家，不是上學，而是上山。他找到一個山洞，在洞裡躲起來，學校下課的時候，他才下山回家。長大之後，他最回味的，也是這段歲月。

我也曾經躲在學校附近的山洞裡。那時候，大概是覺得自己這種行為非常反叛和浪漫吧！一個人躲在洞裡，那份孤單的感覺同時也是甜美的。

我們都害怕孤獨，卻又需要孤獨。

女人何嘗不需要一個洞穴呢？我們的洞穴，便是所愛的人的臂彎。男人的洞穴是無形的，女人的洞穴是有形的。我願意在洞外守候你，但是，當我需要時，你也要借出你的臂彎。

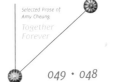

永無止盡的愛

一位男性朋友問了我一個很俗套的問題：「你喜歡你愛對方多一點，還是對方愛你多一點？」

我也很俗套地回答：

「最好是相愛。如果不能夠，那我當然會選擇後者。」

他很快便下了結論，說：

「女人都是這樣的啊！」

我說：「不是每個女人都是這樣的！」

起碼，我認識一個女人不是這樣。她喜歡愛對方多一點。她很享受去愛別人，她認為這是一種很精采的感覺。要是對方愛她多一點，她反而不高興。

可是，這麼「偉大」的她，最長的一段戀愛也不超過一年零六個月，都是對方離她而去。是否我也可以因此而下結論，說：

「男人都喜歡自己愛對方多一點。」

在這些事情上，根本沒有男女之別。誰愛誰多一點，要看你遇上什麼人。

我那位朋友相信愛對方多一點的那個人主導一段感情。她就是喜歡擔當主導的角色。既然她是愛得較深的那一位，她也有權隨時不愛。

我認為被愛才是主導。他愛我超過我愛他，我便等於主導了他的喜怒哀樂。無論什麼事情，沒那麼在乎的，往往是最後的勝利者。

只是，愛情從來就不論勝負，它是一個過程而已，無所謂得失。

如果不能相愛，我喜歡被寵愛和縱容。在永不可挽的無常裡，我渴望相信有一個男人會永無止盡地愛我。

螺絲釘的承諾

女孩子把她們擁有的最甜蜜的承諾告訴我，不外是他說「我永永遠遠不會離開你」、「我永遠不會放棄你」、「我一定會跟你結婚」、「我會永遠愛你」。

耳熟能詳的承諾，雖然真摯，卻不免令人失望。

男人，到底有沒有新鮮一點、精采一點的承諾？

男人抱怨：「已經承諾永遠，那還不夠嗎？你太貪心。」

什麼都說永遠，男人，你不覺得這是陳腔濫調嗎？

我只需要你承諾一件很微細的事。譬如，你答應，每天會吻我一下，即使那天我們狠狠地吵了一場，錯的是我，你恨透了我，但仍然遵守承諾，吻我一下，不懷恨到明天。

你也可以承諾，每年拿出一天，任我擺布，所有時間都是屬於我的。

也許，你可以承諾，此後你單獨到世界任何一個地方，下機時，也會向天空叫我的名字，然後說：「我想念你。」

你更可以承諾，以後每天下班，也帶一塊糖回來給我吃，如果將來我們有了孩子，就是兩塊，他一塊，我一塊。

不要說永永遠遠，這倒嚇怕了我，我不是要山盟海誓，我要的，不過是你給的無數顆螺絲釘，每隔一段時間，就可以拿出來上緊我們的愛。

在一起

愛是不是等於每天思念你的次數？
是不是等於為你微笑的總和？
是不是把我為你流過的眼淚統統加起來？
是不是看看我能夠為你減去多少自私？
是不是用你帶給我的快樂除去你留給我的孤獨，看看還剩多少？
抑或，愛是在無數失望之後還有多渴望與你長相廝守？
誰又能為愛情下一個定義？每個人的愛情，縱有許多相同，終究是不一樣的。愛的方程式，不是算術的方程式，而是雙方、旅程、形式。
我和你，會用什麼形式一起走完這段人生客旅？是戀人？是夫妻？還是浮不上檯面的情人？

有一天，你驀然發現，愛只有一種形式，這種形式只有三個字，不是「我愛你」，不是「對不起」，而是「在一起」。

是跟你在一起的感覺勝過千言萬語，是覺得有個人在心中在身邊的踏實和幸福，那個人不是別人，只能是你，相顧微笑，伸手可及。那份親密超越了肉慾，比它更深入，伴隨著溫暖的震顫直搗靈魂，駐守在彼此心底最私密之地，相濡以沫。

愛一個人，就是和他在一起的那份無言的感覺。

女人永遠不應該讓男人知道

Part TWO

贏的最高境界

沒有人喜歡輸。如果毫無勝算，我們才不會做某件事。愛情也不例外。我們愛一個人的時候，是相信自己和他會有將來的。即使那個將來很渺茫，畢竟還是有機會的。

愛情的贏輸不是在於結果。縱使分手了，我們擁有美好的回憶，那就是贏。即使往事不堪回首，我們有過那樣的經歷，長大了，以後學乖了，這也是贏。

每個人都喜歡贏。可是，贏要贏到什麼地步？

他最愛的人是你。他對你好，對你忠心。他現在跟你一起住，你為什麼認為要結婚才夠完美呢？有些女人說：

「他不跟我結婚，就是不夠愛我。他愛自己的自由多一點。」

他這麼愛你，你已經贏了。贏到這個地步還不夠嗎？你若要贏到最後一步，只會失去他。

有些女人很貪婪。一個男人愛她，她便覺得自己可以控制他。他交什麼朋友、每天見過哪些人、銀行戶頭裡有多少錢、心裡想些什麼，她也要過問，他對父母太好，對前妻和兒女太好，她也不高興。她已經得到最多的愛，她還要贏到什麼地步？難道要贏到別人反感的地步？

贏到對方心服口服，才是贏的最高境界。

另一個男人的作用

V說，工作上的事，她不會跟男朋友說，她只會跟另一個男人說。那個男人是她的好朋友。她會跟他說童年往事。她看了一本精采的書，會跟他分享；她寫了一篇日記，會在電話那一頭唸給他聽；她聽到一首好歌，會把電話筒拿到唱機旁邊叫他聽聽。

那她還要她男朋友來幹什麼？

她說，不跟他談工作上的事，是怕他覺得沉悶；不跟他說童年往事，因為她害怕他會覺得沒趣。

至於不跟他分享一本書的內容、不唸一段自己寫的日記給他聽、不播一段她認為動聽的歌給他欣賞，她說，那是因為你愈愛一個人，你愈害怕他會不同意你。如果他說那本書不好看，那怎麼辦？

你愈緊張一個人，你愈害怕他不讚賞你。如果他聽了你寫的那一段日記，只是微笑著，什麼也不說，你怎麼知道他心裡想些什麼？

你愈在乎一個人，你愈害怕他會嘲笑你。如果他聽了那首歌，說那首歌很普通，他聽過更好的，你會很不開心。

我們在自己愛的人面前，竟然是有些怯懦的。另一個男人的作用，正是填補這些遺憾。

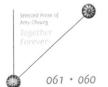

男女關係的用詞

在男女關係之中，有一些用詞是另有一種意思的。

疲倦——是結婚的理由，也是離婚的理由。

男人因為生活疲倦而結婚，女人因為感情疲倦而結婚，結果婚姻令大家更疲倦。他們沒想到，結婚和離婚可以是同一理由。

青春——男人和女人的計算方法並不一樣。

女人的三年不等於男人的三年。男人不跟一個女人結婚，就是浪費她的青春。男人跟一個女人結婚，萬一婚姻不如意的話也是浪費她的青春。

在女人眼中，男人是沒有青春的。男人有的，只是事業。男人的事業等同女人的青春，是很值錢的。

天長地久——女人的意思是從一而終，男人的意思是老婆只可以有一個，但情婦和女朋友可以有很多。

家——女人認為男人應該經常停留和眷戀的地方。男人認為應該拿錢回去的地方。

尊重——是明知對方錯的時候仍不斷點頭，不去揭穿他。

遷就——男人將目標放在眼前，女人將目標放在將來。

男人肯遷就一個女人，是想得到她，得到之後，還肯遷就，是想息事寧人。女人肯遷就一個男人，是想做他太太。

我會打電話給你

如果可以選擇，我希望每次都是我跟對方說：「我會打電話給你。」而不是由他來說這句話。

說「我會打電話給你」的人，永遠握有主動權，他可以找你，也可以不找你。他喜歡什麼時候找你都可以，你只能乖乖地等他，由他主宰你。

為什麼要由他說「我會打電話給你」？因為你比較愛他，在乎他？因為他不是自由的，不方便隨時接聽你的電話？

男人說：「我會打電話給你。」那個時候，你好想追問：「你什麼時候會打電話給我？」但是這樣就顯得你在乎了，於是你只好微笑點頭，滿不在乎的沒有追問下去。

分手的時候，男人說：「我會打電話給你。」這個時候，你顧不了尊嚴，低聲下氣地問他：「你什麼時候會打電話給我？」他沒有給你一個明確的日期，只是說：「我會找你。」他走了之後，沒有再打電話來。他是不會再找你的了，首先說再見的那個人，可以瀟灑地說：

「我會打電話給你。」

留下的那一個，只能寂寞地坐在電話機旁邊，守候又守候。如果可以選擇，你寧願由你來說：「我會打電話給你。」

我不來，也不走

一個男人說：「女人真是奇怪！叫她來的時候她不來，叫她走的時候，她卻又不肯走。」

男人不都是一樣嗎？

誰不想做一個「你叫我來，我不一定來。你叫我走，我一定走！」的人？可是，當心愛的人就在面前，我們竟然無可救藥地有點cheap。

每個女人大概都從女性雜誌上讀過數十篇教我們如何對付男人的文章，什麼欲擒先縱、忽冷忽熱，我們早已背得滾瓜爛熟。一旦用起來，又是另一回事。

對著自己不喜歡的人，老實告訴你，我們什麼冷血的事情都做得出來。

對著自己喜歡的人，我也只好慚愧地告訴你，我們真的是什麼事情也做得出來。

你叫我來而我不來，不是不喜歡你，而是怕你覺得太容易到手了。這麼容易，你會不會不去珍惜呢？

你叫我來而我不來，只是希望你更想念我。

你叫我來而我不來，只是在生你的氣，你再求我一次就好了。

你叫我走而我不走，那還需要理由嗎？不走，是捨不得。

你叫我走而我不走，也是覺悟。你叫我走的時候，我才想起你所有的好處。人們不是往往到了死線才交出最好的作業嗎？

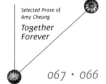

在三十歲前把他換掉

有些女人會一直拖著一個她不怎麼滿意的男人。

他不是不好，卻還是有很多地方不好。她有點嫌棄他，有點覺得他配不起自己。可惜，這些年來，除了他之外，竟然沒有一個好一點的男人出現。她唯有暫時委屈一下自己。

這個男人對她還是挺不錯的。他個性善良，對她千依百順。她是曾經深深地愛過他的。那個時候，她甚至想過要嫁給他。他雖然有缺點，但是她並不介意。

然而，這些年來，她進步了很多。她在工作上有一點成績，她的薪水比以前多了，她比以前更會打扮，她的眼界也廣闊了很多。她對人生的要求，已經和以前不一樣了。她的夢想和以前也有一點分別了。她變

得有野心。可惜，她身邊的男人卻沒有多大的進步。

她想要的人，不再是他。

以前，是她愛他多一點。

現在，是他愛她多一點。

她想要的東西，他不能給她。

他變成了她的負累，每一次想到這個男人將是和她終老的人，她就覺得很不甘心。她應該得到更好的。

在三十歲之前，她要把他換掉。過了三十歲，只怕沒那麼容易把他換掉。

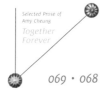

跟三十歲戀愛，被四十歲愛

有人問A：「你最喜歡和什麼年紀的男人談戀愛？」

她想了很久，不知道應該怎樣回答。她曾經愛過一個比她大三十二年的男人，也曾經跟一個比她小七歲的男人談過戀愛。每個階段的男人，都有他可愛和可惡的地方。

也許，就由我來替她做一個總結吧。女人最完美的戀愛生活，是永遠被十來歲的男孩子思慕，被二十來歲的男人仰慕，跟三十來歲的男人戀愛，被四十來歲的男人深情地愛著，與五十來歲的男人討論人生。

十來歲和二十來歲的男人，還是很幼稚，不懂得愛，也不懂得遷就女孩子。他最大的優點是那份傻勁。這麼傻的人，只配仰慕你。

三十來歲的男人，開始成熟，知道自己想要什麼，也懂得遷就女人。假如你是十幾歲或二十幾歲，三十幾歲的男人便最適合你，他可以教你很多事情。

可是，三十歲又比不上四十歲。四十歲的男人，開始有智慧、懂得尊重自己的承諾。當他愛上一個女人，他會很情深，不像二十歲的男人，整天只想著那回事。

跟五十歲的男人聊天，你的視野會變得廣闊。他的智慧和人生經驗，會讓你著迷。可是，他畢竟是老了一點。歲月在他身上已留下了痕跡。你可以愛他，但不要嫁他。

女人永遠不應該讓男人知道

卡斯楚說：

「一個女人永遠不應讓男人知道她愛他，因為，他知道後會變得很自大。」

女人永遠不應該讓男人知道的事情還有很多。

女人永遠不應該讓男人知道她有多少私房錢。

女人永遠不應該讓男人知道她偷偷把家用儲起來，買了一層樓，只寫上自己的名字。

女人永遠不應該讓男人知道她曾經跟他的朋友或仇人戀愛。

女人永遠不應該讓男人知道她曾經有第三者。

女人永遠不應該讓男人知道她只是喜歡他的財富，總要裝著愛他。

女人永遠不應該讓男人知道她豐滿的胸部是整形醫生的傑作。

女人永遠不應該讓男人知道她不喜歡他敬愛的母親、姐妹和兄弟。

女人永遠不應該讓男人知道她曾經為另一個男人打掉肚裡的孩子。

女人永遠不應該讓男人知道她沒有其他追求者。

女人永遠不應該讓男人知道她想嫁給他。

女人永遠不應該讓男人知道她比他聰明。

其實，我多麼依戀……

有時候，我們故意裝著很冷漠，只是不想讓對方知道我們依戀著他。

電話鈴聲響起，我們明知道是他打來，也故意在心裡數十下才拿起電話筒。我不想他知道我一直坐在電話機旁邊等候。拿起電話筒，我們只是裝著很平淡地說：

「你找我有事嗎？」

其實，我多麼依戀你的聲音。

見不到你的時候，我整天想著你，好想撲在你懷裡。見到面的時候，我只是把兩隻手放在身後，規規矩矩地站在你面前。你一定覺得我是個沒什麼感情的人。

其實，我多麼依戀你。

約會之後，分手的時候到了。你送我回家，我根本不想回去。我好想你陪我散步，也許，散步到天亮也不錯。我好想聽你說話，好想知道更多關於你的事。然而，當你送我回來，當你還沒說再見的時候，我卻搶先跟你說：

「再見。」

沒等你轉身，我就走了。其實你知不知道，當你轉身離開的時候，我總會回過頭來看著你的背影？

我多麼依戀你的背影。

下一次，當你覺得我很冷漠的時候，你會否明白那是因為我在乎？

愛對一個人，
是好的開始，
也是最後的成功。

我有事找你

好想見他，又找不到什麼藉口，於是，只好在電話裡認真地跟他說：

「我有事找你。」

「好吧。」他說。

太好了！他來到約定的地方。我望著他，等他說話。他好生奇怪，心裡在想：「她不是說有事找我的嗎？」

他首先打開話匣子，我快樂地跟他聊天，又不停吃東西，胃口好得不得了，就是沒說我找他有什麼事。

回家的路上，我們聊了很多事情。今天晚上，我過得很開心。分手的時候，我完全忘記了我找他有什麼事，他也忘了問我。

我沒有什麼特別的事情。我們之間有點雲霧、有點曖昧，我很想見你，又怕被你拒絕。事情就是這麼簡單。

「我有事找你。」這一句話，總是被女人普遍地使用。很想跟已經分手的男朋友見面，又怕他不肯來，我們只好在電話裡煞有介事地說：

「我有事找你。」

假如你對我尚有一絲關懷，你就來吧。

請你不要冷漠地問我：「你有什麼事？」

我不過是想見你。

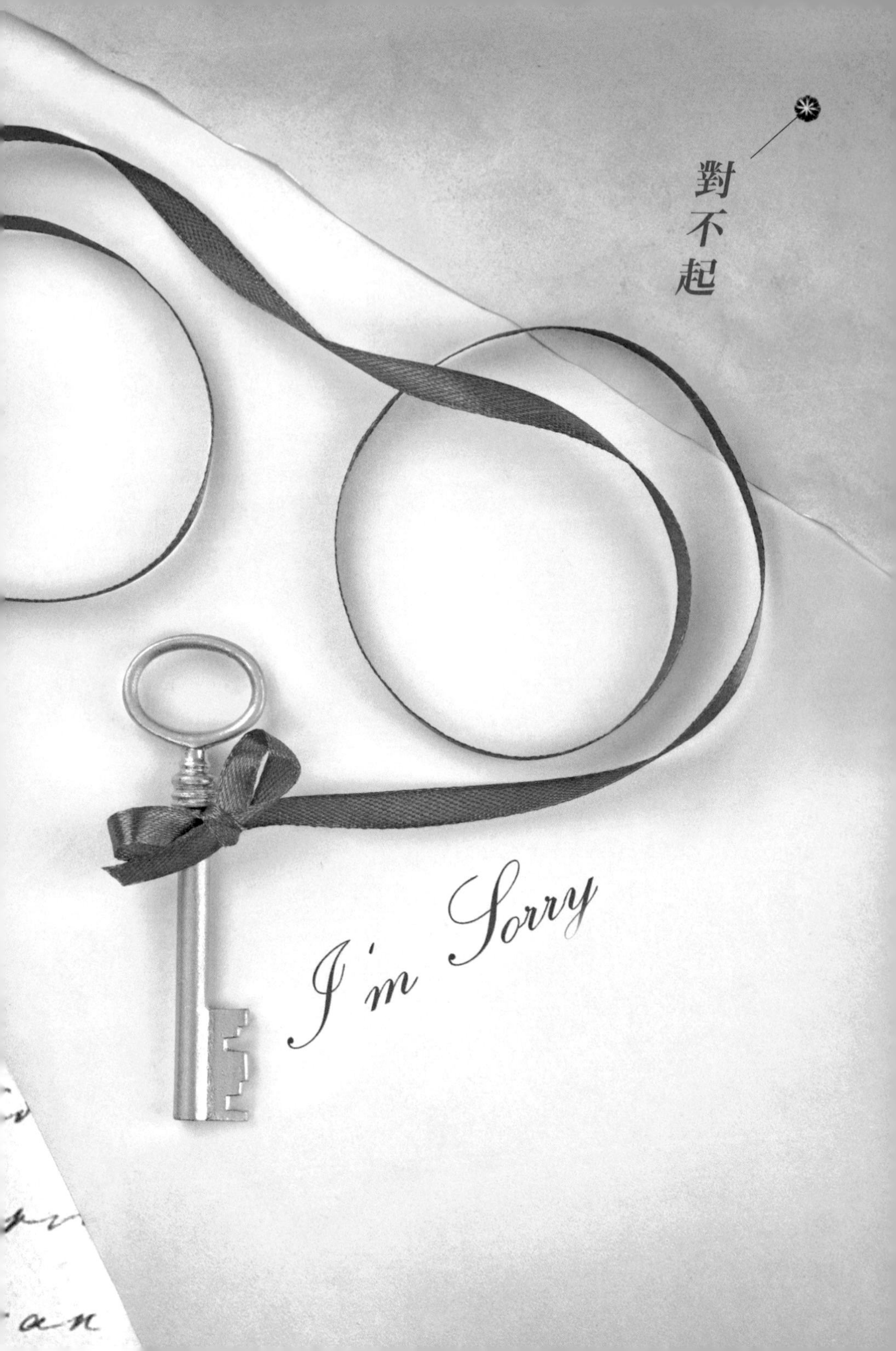
對不起
I'm Sorry

不要期望男人跟你說對不起。男人的對不起，必然有下文。

當一個男人突然沮喪地跟女人說一聲「對不起」，那麼，下文便很有可能是「我愛上另一個女人」。

說對不起，本來是為了認錯，從此改過。但是男人的一聲「對不起」，是「我對不起你」，是懺悔，但是不打算改過；是通知，不是認錯；是撒賴，不是想補救。

不是到了窮途末路，不是無法再拖下去，男人也不會肯說「對不起」。他說對不起，是把責任推到女人身上，要怎麼做，由她決定好了。

男人的「對不起」，無恥得很。

男人不會說「我愛上了別人，對不起」。男人總是先說「對不起」，才敢再說「我愛上了別人」，可見「我愛上了別人」才是他最想說的話。

說對不起說得最多的是男人。一旦女人說對不起，也是因為男人。女人看到自己的男人竟然為另一個女人苦惱，她終於說：「對不起，我受夠了，我退出好了。」

所以，當你的男人突然對你說「對不起」，你該立刻跟他說：「對不起，請你不要再說下去。」

幸福就是報復

我喜歡看女人復仇的故事，這類故事通常都很精采、曲折和淒美。然而，我不喜歡寫復仇的故事。

用自己一輩子的幸福和青春來報復上一段愛情，實在不划算。多麼痛恨一個男人，我也不會向他報復。

我的幸福就是對他最大的報復。

與其花時間去向一個壞男人報復，倒不如花時間去找一個好男人。找到一個好男人，就是對一個壞男人最好的報復。

找不到好男人也不要緊，你活得好好的，你出人頭地，也是對他最好的報復。

他看到你現在這麼成功，一定後悔當初看不起你，以為你只是個普通女人。

他看到你現在生活比他富裕，一定後悔當初沒有好好對你。

他看到你愈來愈漂亮，一定後悔當初不要你。

他看到你現在這麼瀟灑快樂，一定很自卑。

他是啥東西？他根本配不起你。他值得你花一輩子的光陰去報復嗎？

報復計畫失敗，有一個輸家，那就是你自己。報復計畫成功，則有兩個輸家——你和他。

我的幸福就是對你最精采、最殘忍的報復。

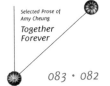

現在就想見你

被你愛著，就應該享有特權。

其中一項特權就是，想見你時隨時可以見到你。

深夜裡，忽然想見你，打電話給你，說：「我現在就想見你。」那麼，請你不要問我有什麼急事，是不是不舒服，你只要馬上來見我就可以了。

你匆匆趕來，發覺我沒什麼急事，我只是想見你，請你不要說我任性，你應該欣賞我的率直。曾經有一刻，我是那麼渴望見你，以致我甘心冒著被你拒絕的危險，大膽提出要求，你不是應該感動嗎？

我一個人走在喧囂的街上，情緒低落，心裡瘋狂地想念你，我打電話給你說：

「我想見你！」

請你不要問「什麼時候」，笨蛋，當然是現在，如果不是現在想見你，打電話給你幹什麼？這個時候，希望你能說：

「你在哪裡？不要走開，我馬上來。」

如果你不能馬上來，你以後也不用來了。

當我說想見你，請不要問「為什麼」，如果你願意來，不用問為什麼，你不願意來，又為什麼要問？

愛對一個人

有一句老掉大牙的話是這麼說的：「好的開始，是成功的一半。」寫書的確是這樣，只要開頭順利，自己也就心中有數，知道這本書會好看。所以，開頭最難下筆，有若千斤重，結局卻是最容易寫的。

可這句話用在愛情裡並非全對。所有的愛情，開始的時候總是好的，總是甜蜜和快樂的，到頭來卻不一定會成功，不一定能夠開花結果。

想要成功，好的開始比不上愛對一個人。

一直以來，令我長大的，從來不是我的敵人和那些傷我的人，而是我的良師益友和我所愛與愛我的人。

愛對一個人，人生就等於做對了大部分的事情。

是我愛和愛我的那個人使我強大，也使我知道我雖弱小卻可以無所畏懼。

是我愛和愛我的那個人讓我知道我無須理會那些傷我的人，我只需要活得比他們好。

是我愛和愛我的那個人使我知道我要不停地進步，也使我知道即使我在原地踏步，他也不會捨棄我，只會回頭牽著我的手帶著我一起走。

是我愛和愛我的那個人讓我知道我雖然是他的負累，卻也是最可愛的負累。

是我愛和愛我的那個人教給我智慧和慈悲，卻也讓我知道即使是最仁慈的人，也有他必須果斷的時候。

人活著，就是要活得比昨天好一些，再好一些，要愛得比昨天幸福一些，再幸福一些。

愛對一個人，是好的開始，也是最後的成功。

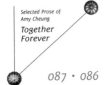

你來抓我吧

那天在公園裡看到一個小頑童飛快地向前跑，他那可憐的媽媽喘著大氣在後面追他，企圖想抓住他，小頑童一邊跑一邊笑，他跑得那麼快，他那個胖媽媽根本不可能抓到他。

看到這個情景，你認為跑在前面的孩子比較快樂，還是在後面追的媽媽比較快樂？

想抓住對方，不如等對方來抓你。

男人和女人常常苦思如何能夠抓住自己喜歡的人，他們會用盡方法抓住對方，使他永遠留在自己身邊。

為了抓住對方，我們付出了很多，甚至為對方完全改變，變成一個自己也不認識的人。然而，到頭來，他還是會離開我們。

當你以為你抓住了一個人，其實你卻從未擁有他，你一放手，他便

會跑掉。

聰明的人，是等對方來抓自己。

我就是這樣的了，你來抓我吧。

有時候，我會故意讓你抓到，有時候，我會跟你玩捉迷藏，當我要躲起來，你是無論如何也找不到我的。

我要充實自己，使自己的條件愈來愈好，你會愈來愈想抓住我，也愈來愈難抓住我。

最美好的愛情，是我和你都是對方想抓住的人。你來抓我吧，我希望你抓到。

戀愛耐力比賽

戀愛根本就是兩個人之間一場又一場的耐力比賽。

第一場耐力比賽：

彼此都喜歡對方，可是，大家都希望對方首先採取行動，好使自己看起來高貴些，將來也可以說：「當初是你追求我的啊。」

第二場耐力比賽：

誰先開口說：「我愛你。」

首先說我愛你的一方最可愛，因為你首先說了，證明你愛我多一些。我什麼時候會對你說這句話？看心情吧。

第三場，也是最長的一場耐力比賽：

每次吵架之後，誰首先道歉？

吵架後，是最痛苦最磨人的一場耐力賽。等他先打電話來，他卻不打來，先是生他的氣，過沒幾天，卻開始想念他，好不容易才壓抑住想打電話給他的那股衝動。幸好，他終於打來了，他不會知道我多麼想聽到他的聲音，我也不會讓他知道。

下一次吵架之後，漫長的無眠的夜晚，忐忑地等他的電話，這一次，他也許不會首先打來了，甚至不會再打來了。他是不是已經不愛我？

第四場，也是最後一場耐力比賽：

我們兩個人之中，誰會首先開口說想要結婚？

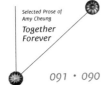

最好在得意的時候

女孩子問：「什麼時候離開一個男人最好？」

要離開他，就在他最得意的時候吧。

你已經不愛他了，也看不到自己和他會有什麼將來。可是，大家都一起這麼多年了，要說分手，也要選一個最好的時機。

假如他最近失業，你還提出分手，他會以為你是個勢利的女人。而且，你在這個時候離開，他會很可憐。他現在最需要就是你的支持和鼓勵。

他最近工作很不順利，你選擇在這個時候提出分手，他會無法接受。沒有事業，連愛情也沒有，兩個打擊一起來，他會崩潰，甚至會恨你一輩子。

他家裡最近發生了一些事，他最需要就是你的安慰。

你在這個時候跟他說：「我們分手吧。」他會很孤單。即使是朋友，也應該在這段日子留在他身邊吧？

失意的時候，最好不要失戀。

要失戀的話，最好在得意的時候。

他事業有成，春風得意。那麼，你要走，也不會毀了他。女孩子問：「如果一直也等不到他得意，那怎麼辦？」

那你早就應該離開他了。

哪怕只是一點點

有人問：「分手的舊情人，你希望他過得好嗎？」

我回答說：

「那要看看那時候為什麼分手？」

要是那時候是我對他不好，他對我很好，那麼，我會希望他現在過得好。

當然了，他最好不要過得比我好，和我差不多就好了。

他過得比我好，我會難過。

要是那時候我對他好，他對我不好，那還用說嗎？我才不想他過得好。

這種人竟然過得比我好，那還有天理嗎？我要過得比他好很多，這是對他的懲罰。

讓他過得好，他會以為自己以前是對的。只有過得比我糟，看著我愈來愈好，才會讓他知道什麼是報應。

一個女孩子提起他仍然沒法忘記的舊情人時說：

「忽然發現，自己是不希望他過得比我好，我希望他過得比我糟，哪怕一點點。」

是的，我愛過的人和愛過我的人，只要過得比我糟一點點就好了。我不希望他過得糟，他畢竟是我深愛過的，共同走過一段漫長的日子，他也真心真意愛過我。不想他過得好，未免太沒良心了。

可是，他過得比我好很多，我又怎能接受？尤其當我孤身一人的時候。

於是，我自私地希望，請比我過得糟一點點、糟一點點吧，哪怕只是一點點。

我的面子很重要

有沒有發覺，其實你並非一個死要面子的人，但在最親密的人面前，你卻挺愛面子？

跟他吵架了，明明是自己不對，但是你無論如何也不會跟他道歉。大家冷戰的時候，你的面子變得非常重要。為什麼他就不肯遷就你一次？他不是說過很愛你的嗎？他那麼了解你，為什麼還不明白你？你

已經知錯了。

他平常也不是死要面子的，偏偏這一次，他好像覺得面子過不去，硬是要和你抬槓。

他不首先道歉，你是不會道歉的。

他不首先哄你，你是不會再哄他的了。

他在電話那一頭說：「你總該給我一點面子吧？」

你反駁：「那我的面子呢？」

於是，他三天也不找你。

他不找你，你當然也不會找他。雖然你每天都在撕心裂肺地想念他，但你絕對不會首先找他。

他在做些什麼呢？是不是也在想念你？只要他打電話來，說幾句溫柔的軟語，你會立刻撲進他懷裡。可是，這個壞人，偏偏要和你比耐性。只要你放下面子，首先跟他說：「我很想念你。」他一定會內疚。但是，這麼沒面子的說話，怎麼能開口？難怪厚臉皮的人往往能多談幾次戀愛。

Part THREE

可不可以不要牽掛一個人

真命天女

我們總是在尋覓真命天子，可是，我們又是否是某人的真命天女？如何得知這個人就是我的真命天子？又如何得知我就是這個人的真命天女？想要尋找答案，同樣不容易。

如何定義真命天子和真命天女？是一生最愛的那個還是長相廝守的那一個？

真命天子是不是必然會遇上真命天女？

我們是某人的真命天女，他又是否是我的真命天子？

在愛情的領域裡，沒有一個人想成為次選，也沒有一個人想與次選終老，可是，並不是每個當事人都那麼不幸，知道自己是次選，大部分人只會天真地堅信自己是首選。在這個節骨眼上，人又為什麼要太聰明和太清醒？

如此難得，我們才會如斯渴望成為某人的真命天女。我要怎樣才知道我是你的真命天女？是被你長久地愛著，始終離不開嗎？是始終被你思念著，直到死亡把我們分開嗎？是被你愛到無法無天，不管我有多麼差勁，你還是捨不得丟下我嗎？

抑或是有一天，你問自己，誰是一生最愛和最難割捨的，你會知道是我，你會帶著微笑撫愛我倆的回憶？

愛情是一場際遇。如許際遇，是幾生幾世的因緣和合？但是，至少，於這一生，讓我成為我所愛的那人的真命天女吧。

做一個懶惰的男人

男人一旦不愛一個女人，他可以變得很懶惰。

E前陣子交上一個女朋友，他並不愛她，他只是太寂寞了，但這個女人很愛他。E說，每次纏綿，都是她替他脫衣服的，他連衣服都懶得脫。在床上，他懶得連一句話也不肯說，事後還要那個女人出去買東西回來給他吃。

他上一次受的情傷太重了，上一次，他不是這樣的，他很努力，天天去陪那個他喜歡的女孩子，早上送她上班，晚上接她下班，一星期三天送她上夜校，週末陪她游泳，週日陪她家人。他每個星期寫一封情書給她。她說想去旅行，他到處替她打聽哪個地方值得去，還為她編寫行程表。誰知道她原來和另一個男人去，而且還帶著他精心編寫的行程表出發。

原來，當一個人不愛你，你多麼努力也是沒用的，晨昏定省，管接管送，在床上使盡九牛二虎之力，都是徒然的。

此後，他學會了做個懶惰的男人。

被愛的人，才有資格懶惰，他發號施令，說一句話，甚至只需要做一個表情，那個崇拜他的女人便會為他奔波。她在他面前，是一隻勤勞的工蜂或工蟻，他一不喜歡，就可以踐踏她。

在愛情這張時間表裡，努力是拿不到獎的。

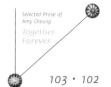

可不可以不要牽掛一個人？

你說：「想像假如我現在已經沒有什麼想愛的人，那該多好？不用受牽掛之苦，也不用傷心。」

不用受牽掛之苦，可也沒有牽掛的甜蜜。

有一個可以牽掛的人，畢竟是幸福的。

愛上一個人，也就是從今開始有了一個牽掛的人，也被人牽掛著。他的身影總是盤踞在你心頭，你會每天想起他很多遍，想著他這一刻正在做什麼，你會等他的電話，你會想聽到他的聲音，想挨著他的肩膀，想見到他的臉，想伸手摸摸他的鼻子，想知道他今天過得好不好。

當他不在身邊，在另一個城市，你總是時時刻刻惦著你和他之間的時差，用思念把時差補滿。

愛情，就是彼此永不止息的思念，是永遠放不下的牽掛，是心甘情願的牽絆。

你問：「可不可以不要牽掛一個人？那種滋味太苦了。」

苦的，不是牽掛，而是沒有應答的牽掛。當你牽掛他的時候，他並沒有牽掛你。他從來不像你牽掛他那樣牽掛著你。

苦的，是沒有歸途的牽掛，從此以後，他牽掛的是另一個人。後來的一天，你牽掛的，也將是另一個人。

曾經眷戀的身影已然遠去，但我們永遠不會忘記牽掛著一個人的那份深情，不會忘記當時的自己。

愛裡的甜蜜與苦楚，說的往往是同一句話。

在一起的時候，你甜絲絲地問他：「你有沒有想我？」

他微笑回你：「你說呢？我怎麼會沒有想你？」

他沒有令你痛苦

Y流著淚說：「我所有的痛苦都是他給我的。」

真的是這樣嗎？

我們常說到痛苦，卻只有很少人願意承認，我們大部分的痛苦都不是別人給的，而是我們自己給自己的。

有人喜歡出風頭，在公開場合裡，爭著與主角合照，翌日打開多份報章，卻找不到自己的照片，於是很不開心。這種痛苦難道是別人給他的嗎？

有人沒有自知之明，喜歡與人比較，覺得自己比某某或某某出色，可是，那些人的際遇和成績都比他好，於是，他嫉妒得眼睛都流出血來，經常認為自己不幸運。

如果他稍微有點自知之明，便用不著承受因嫉妒而來的痛苦。他的痛苦，難道也是別人給他的嗎？

有人自卑，經常覺得比不上別人，別人一句無心的說話，他也覺得是有意的奚落。這種人的痛苦，還不是自己給自己的嗎？有人自大，眼高手低，經常失敗，他的痛苦，當然也來自他的自大。

愛一個不愛自己的人，愛一個不值得愛的人，都是自己的選擇，即使有痛苦，怎能怪別人？

感情上的痛苦，都是我們自己給自己的，他沒有令你痛苦。

微笑的荒涼

朋友突然有感而發，說：「愛情是很荒涼的。」

他和舊女友幾乎每隔幾年便會相逢，最近，他又碰到她了。這幾年，他改變了許多，她看上去卻依然那麼年輕。曾經深深相愛的兩個人，見面的時候已經無話可說，大家都不想再提起分手的原因。然而，雖然不說話，彼此之間卻還是有一種時間洗不掉的恨。

曾幾何時，愛得死去活來的兩個人，每次相逢都在對峙。他們總是無法共同生活，他們會變得討厭彼此，他會去找別的女人。當她走了，他反而對別的女人沒有興趣。

一生的至愛，在相見的時候，竟是如此的貧瘠。愛情真有我們所歌頌的那麼美好嗎？

在愛裡，我們寬容，也嫉妒；原諒，也報復；記仇，又脆弱，愛永遠與其做為對立端的恨走在一起。

我們不會忘記曾經相愛和為什麼分手，只是不再提起。誰在相逢的時候提起以前的種種，誰就是比較在乎的那個。我為什麼要讓你知道我在乎？

不是已經有一位哲人說過嗎？愛是無聊沙漠中的危險綠洲。

有些愛情在結束之後無愛也無恨，那不過是個過程，是翻過去的一頁。

有些愛情因為未能茁壯，反而增長了嚮往之情。

無論你付出多少，也難免有天流落在荒野，踽踽獨行。但我們不會忘記愛與被愛的每一個時刻，這些逝去的日子也曾照亮我們的生命。愛情是一種微笑的荒涼。

愛情是一個人的事

年少的日子，曾經以為，愛情是兩個人的事，甚至是三個人、四個人的事。後來才明白，愛情是一個人的事。

我們用許多段愛情來成就自己。

我們愛過一些人，互相影響，互相改變。一天，縱使分開了，那些改變和影響卻永遠留在自己身上，比愛情還要長久。無論如何，我們已經沒法變回當天的自己了。

不管你愛過多少人，不管你愛得多麼痛苦或快樂，最後，你不是學會了怎樣去戀愛，而是學會了怎樣去愛自己。

我們透過愛情來自我完成。

我們從來沒有自己所以為的那麼愛一個人。我們去追尋愛，只是去

尋找遺落在某個地方的自己。我們因為愛人和被愛而了解自己。那些被我們愛過的人，只是孕育我們的人生。

有一天，我不得不承認，我可以不愛任何人。我最愛的，只有我自己。

愛是不自由的，只有在自我完成的時候，才會自由。

愛一個男人的時候，我巴不得把他吞下肚裡去，從子宮直到心房，永不分離。可是，有一天，我卻又想把他吐出來。我已經自我完成了。把他吐出來，才可以還他自由，也還我自由。

如果有機會

朋友跟我說，如果有機會和他仍然深愛著的舊女友復合，他們相處的模式一定會改變。他不會再像以前那樣，當她提出跟他不同的意見時，他便馬上駁斥她，並認為自己是兩個人之中比較成熟和聰明的那個。

我說：「遺憾的是，我們不一定有機會。」

他淒涼地笑了，說：「這就是人生啊！」

在此之前，他正在跟我討論一種沒有欲望的愛。

沒有欲望，就是我愛你，你不一定要回報我。昨天的歡笑，便是今天的淚水。有欲望，便想占有，而占有根本是不可能的。沒有欲望的愛，就是無償的付出。

我告訴他，天底下的人都想得到無欲的愛，尤其是女人。最美好是有許多男人愛我和守護我，而我不一定要愛他們。

可是，這種愛太宗教了，是不符合人性的。

他女友離開他六年了，復合的機會渺茫。六年來，他仍然遠遠地守候著她。這樣子的愛，是山上蜿蜒曲折的小路，太過幽深。

不求回報的愛，不是全無可能，那得要有一段距離。我們總是向自己許諾，如果有機會可以和心愛的人一起，一定不會再犯以前的錯誤。可是，一旦真的有機會走在一起，卻又難免會有新的爭執和沮喪。

我們想望的愛是一回事，我們所能付出的愛，往往又是另一回事。

唯有永不結合，永遠分離，才有可能成就一段無欲的愛。

膨脹為神
淪落為魔

一個男人告訴我，當他吸完大麻之後，擰開水龍頭，他看到了一道璀璨的彩虹。那一刻，他以為自己是上帝，能夠創造彩虹。

英國作家C. S. Lewis在其所著的《四種愛》一書裡說：

「愛，從它膨脹為神的那一剎那開始，就會淪落為魔。」

當人以為自己是上帝，他就會淪落為魔；愛情與毒品，也是如此。

在愛情裡，有誰不曾自覺偉大呢？

我們既偉大，也卑微。

偉大，因為我如此愛你，卑微，因為我沒有辦法不愛你。

我傾盡所有去愛你。你是我生活的重心，我可以為你拋開一切，甚至是良知和夢想。我願意為你犧牲。沒有人比我更愛你和更珍惜你。我在你身上看到愛的無所不能，我超越了自己，和你一起馳進了永恆的國度。

誰不曾渴望被一個人這樣沉溺地愛著呢？

可是，當愛膨脹為神，它也會淪落成魔。

過分的愛是一種傷害，當我們那樣愛一個人，我們最終會因為沒法占有他而痛苦。我們變得自私和妒忌，不但傷害了別人，也摧毀了自己。

我們愛得那樣無法無天、醉生夢死，是活該淪入魔道的。

沉迷的人是可怕的

如果有一個男人沉迷地愛你，你應該盡量享受這份愛，但是不要期望他能夠愛你到永遠。

沉迷的人是可怕的，他們一旦清醒，就會變得很無情。

他那麼沉迷地愛你，必然是因為你和他之間有一種差異，也許是你不愛他，也許是你身邊有人，也許是你條件太好，對於如夢似幻、看似遙不可及的東西，我們才會如此沉迷。

人不會永遠沉迷，有一天，他一覺醒來，會發現這一切都是不平等的，他在虐待自己，也在被你虐待，過去是他溺水，今天的他不會再跳到水裡；他會懷疑，他是否曾經愛過你，而你又是否那麼值得他愛你。為了尊嚴，他否定過去的一切，收回對你的依戀和著迷。以前那個不是他，如今這個才是他，他是個冷漠自持的人，從沒愛過你。

如果你那麼不幸，在這個時候終於被他感動，愛上了他，你將會很痛苦，他絕不會像以前那樣深沉地愛你，在你墮落之前，他早已經自拔。

迷戀一個人，就像中了魔一樣，不由自主，再怎麼聰明的人，也會不惜一切掏空自己所有感情，一旦醒來，已經沒有剩餘的感情了，變成無情是很理所當然的事。

被一個男人沉迷地愛著的時候，不要指望他明天還會如此，你和我都應該明白物極必反的道理。

是震撼，也是無力感

一位唸高三的女孩子來信問，愛情是定義是什麼？她思考了很久，還是想不到。

愛情的定義，對每個人來說，也許都有點不同。

有些女人覺得男朋友那天不打她就是愛她，有些女人覺得男朋友那天打她才是愛她。

有些女人認為替男人生孩子是愛他，有些女人卻認為為男人打掉孩子才是愛他。

有些女人覺得為一個男人放棄自己的理想，便是愛他。有些女人卻會因為愛一個男人而有自己的理想，她怕跟不上他。

付出是一種愛，但是，想從他身上得到更多，也是一種愛。

思念是愛，但是，你叫自己不要再思念他，你負擔不起了，那也是愛。

愛是有安全感，又沒有安全感。

愛是一種震撼，也是一種無力感。

愛是誘惑，也唯有愛能給你力量抗拒誘惑。

愛是忠誠，可是，愛也會令你背叛。

不要問我愛情的定義，它的定義會隨著你的年紀和經歷改變，愈來愈清晰，或者愈來愈模糊。那時候，你會明白，尋找定義是不必要的。

愛情的祭壇

這些年來，時不時有女讀者跟我說，她們的男朋友偷偷跟別的女人來往，甚至上了床。當她們發現了，他發誓說，他愛的是她，跟另一個女人只有肉體關係，而且這種事情再也不會發生了。

她們總愛問我：

「你覺得我應該相信他嗎？我應該給他機會嗎？」

那個男人背叛的可不是我，我怎麼看重要嗎？我也不可能替任何人做決定。

愛情有時候是一種宗教，每個人都有自己的信仰。相信與否，並不是要不要相信擺在眼前的事實或是眼睛看不見卻存在的東西。相信不相信，純粹是個人的感覺。

愛情這種宗教不一定導人向善，也不一定帶給你光明和希望。它有時候是邪教來的，只有謊言和盲目。

然而，當你執意要相信它，誰又可以阻止？

有些人一次又一次地被自己所愛和信任的人傷害，還是會一次又一次地相信對方的懺悔，即使親耳聽到他說，他和另一個女人上過床，甚至親眼看到他們在床上，她還是會以為不會再有下一次。

我們難道還不明白，欺人和自欺的，總會配成一對？

要不要相信一個背叛過你的情人，重點從來都不是信任，而是你有多愛他。

當你愛到沒有能力離開這個人，也沒有能力叫他滾蛋，那麼，你只能夠跪在愛情的祭壇前面，嗅聞著花兒枯萎的氣息，默然無語。

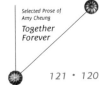

不變心的情人

我們常常問自己愛的人：

「你會不會變？」

我們害怕他會變心。我們害怕愛情會變。

首先改變的往往不是一個人的心，而是他對事情的看法。

兩個人相愛的時候，大家對事情的看法幾乎是一致的。因為看法一致，所以我們更加珍惜對方，更加覺得這段愛情是不可多得的。

然而，當其中一方成長得比較快，兩個人對事情的看法開始有點差異。以前，當他說：「我覺得這件事情——」她會點頭同意，說：「對呀，我也這樣認為。」

現在，當他說：「我覺得這件事情——」的時候，她會搖頭說：

「我不同意你的看法。」

他覺得她不再崇拜他、不再欣賞他、不再像以前那麼愛他。其實她還是愛著他，她沒改變，只是她對事情的看法改變了，而他卻沒有改變。兩個人的差異愈來愈大，對事情的看法愈來愈不一樣，她開始重新考慮他是否是那個陪她一起走人生路的人。她對他的愛漸漸改變，她的心開始變了。

先變的不是愛情，而是觀點。想情人永不變心，你要不斷重新認識改變了的對方，重新欣賞改變了的對方。

十分和九分半

朋友說，假設十分是滿分的話，她愛她的男朋友有十分，他愛她卻只有九分半。

那就是他們為什麼會分開。

她說：

「比起那些十分跟七分或是十分跟五分的愛情，我有九分半，也許已經很不錯了。」

然而，九分半畢竟是九分半，彼此相差了半分。所以，她總是帶點卑微地遷就他，永遠在等候他的召喚。

她明明約好了朋友見面，只要他打電話來說一聲想見她，她會臨時推卻朋友的約會。

她明明想去日本旅行，當他說要去泰國的時候，她連忙興致勃勃地說：「泰國好啊！日本去得多了也挺悶。我想去泰國呢！」

他有時候其實沒那麼棒，然而，當她不同意他的意見時，她還是會扭曲自己，對他說：

「你很棒啊！你說得太對了！」

他給她臉色看，向她發脾氣的時候，她會找一千個理由替他解釋。

後來分手，也是他要走，而不是她終於死心。

聽完了她傷感的回憶，我很想說：

「那豈止是十分和九分半？根本就連六分半也很勉強。」

可是，一段感情並不是由旁人來打分數的。她也許並沒有錯，原本只得六分半，加上一分自欺和兩分思念，不就擁有比較美好的九分半嗎？

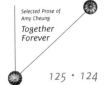

愛的雙重標準

所謂的雙重標準，是當你跟一個男人初相識，而你對他有好感的時候，你希望大夥兒一起吃飯的時候他會搶著付帳，他是你所有朋友之中最慷慨的。然而，當他一旦成為你的男朋友，每次大夥兒一起吃飯，他搶著付帳，你會覺得心痛和替他不值。

所謂的雙重標準，是初相識時，他喝很多酒，你會說：「你的酒量真好。」當他成為你男朋友，他多喝兩杯，你會嘮叨他：「不要再喝了。」

所謂的雙重標準，是初相識時，他上班時偷偷溜出來陪你喝下午茶和逛街，你覺得他很疼你。當他成為你男朋友，他不上班來陪你就是沒有事業心。

所謂的雙重標準，是初相識時，他大談理想和夢想，你會說：「我喜歡有夢想的男人。」當他變成你男朋友，經常大談理想，你會不耐煩地說：「你做人可不可以實際一點？」

所謂的雙重標準是，初相識時，你對他的朋友很大方，你稱讚他是個重友情的人，這種男人不會壞到哪裡。當他屬於你之後，你會警告他：「你最好不要跟你那些豬朋狗友來往！」

女人從來沒變，變的只是她們的標準。

只有你自己不知道

許多事情，別人都知道，只有你自己不知道。

有些女人，一點都不胖，即使再胖幾公斤也沒問題，這是大家都知道的，只有她自己不知道，成天嚷著要減肥。終於，她減肥了，自覺漂亮了許多，穿什麼衣服都好看。然而，所有認識她的人都知道，減肥前的她才漂亮，不像現在這樣，變成平胸，瘦骨嶙峋又臉青唇白。這個事實，只有她自己不知道。

有些女人，苦苦守候著一個男人，以為他終有一天會愛上她。大家都知道這個男人根本不愛她。他有時候約她，只是因為寂寞，等他找到喜歡的女人，他便會走開。這麼明顯的事情，只有她一個人不知道。

一個風流成性的已婚男人，在外面一直有很多女朋友。他笑著跟大家說：

「你們是絕對不會跑去告訴我老婆的，要是我老婆因此跟我離婚，你們負得起責任嗎？」

是的，誰會這麼做？大家都知道她老公不忠，大家背地裡可憐她，甚至小看她，只有她自己不知道。

有些男人，以為他愛的女人也愛他，可是，大家都知道，她愛的只是他的鈔票。要是他沒錢，他便一點都不值得愛。這個真相，只有他不知道。

到底有多少事情是別人都知道，只有你不知道的？我們以為自己什麼都知道，原來，關於自己的事情，我們知道的，有時候並不會比別人多。

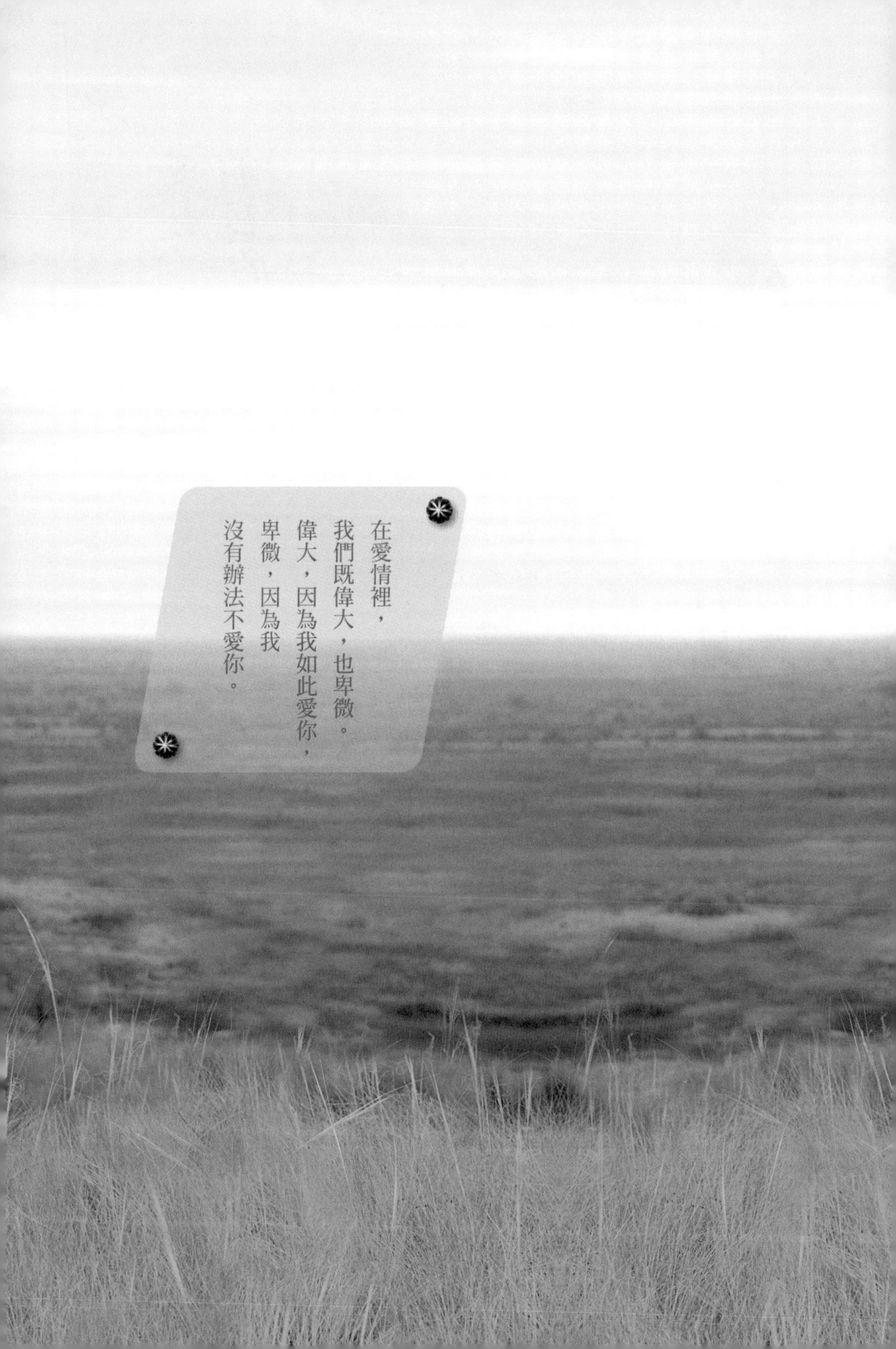

在愛情裡，
我們既偉大，也卑微。
偉大，因為我如此愛你，
卑微，因為我
沒有辦法不愛你。

愛上一個自私的人

愛一個人，總是能夠說出一些理由，比如說：
他跟你太相似了，你們想的都一樣。
你們很投契，總有說不完的話題。
他是你的投射，你彷彿在他身上看到自己的影子。
他是你的救贖，他就是你心中所缺失的那部分。
他很聰明，很有才華。
他長得好看。
然而，要是他偏偏是一個自私的人呢？
他不是不愛你，但是，他最愛的，終究是他自己。
在他心中，你永遠只能夠名列第二。

在這個世界上，他其實已經很愛你了。可是，他對你的愛，跟他愛自己的程度相比，也還是有那麼一段距離。

世上是有這樣的人，他不是自戀，但他就是比較愛自己。

失戀的時候，他會痛苦，因為他失去了他喜歡的人。他受不了自己被拋棄。

倒是熱戀的一刻，他或許會把你放在第一位。可惜，激情過去之後，他就回復清醒了。

他有那麼多的好處，但是，他最愛的永遠是自己。那麼，你還要愛他嗎？

明知道他的自私，你還是義無反顧地愛他。這樣的愛是浪漫，是痴情，還是偉大？

明知道他最愛的只有他自己，你還是最愛他。這樣的愛是不是有一種無法說給人聽的孤單？

你終於明白，自私的人原來是比較快樂的。

要是可以自私，那多好啊。

你要冷靜多久

男人永遠搞不清楚女人的安全期，女人則永遠搞不清楚男人的冷靜期。

男人說：「我想一個人冷靜一下。」這是不是代表他想分手呢？他沒說分手，只說要冷靜。那麼，他到底要冷靜多久？

「我會打電話給你。」男人通常會這樣說，而不會直接告訴女人他要冷靜多久。

女人回家等男人的消息。對女人來說，這段冷靜期漫長而痛苦。她知道，男人忽然希望一個人冷靜一下，那就是說他不愛她了，他想分手，只是他還開不了口，所以他需要一點時間。

所謂冷靜期，根本就是一方等候另一方宣佈這段愛情死亡。很少情侶能夠熬過冷靜期，冷靜期過後又再走在一起的，只是苟延殘喘，很快

就會分手。

「冷靜」根本就是「分手」的同義詞。談過幾次戀愛的人，不會笨得不明白冷靜的意思。雖然明白，我們還是很難接受對方忽然說：「我們冷靜一下好嗎？」無論聽過多少次類似的說話，我們還是希望這一次是例外的，這一次的「冷靜」是有好結果的。無論受過多少教訓，我們還是弄不清楚男人要冷靜多久。我們還是會追問：「你為什麼要冷靜？你要冷靜多久？」

要成為家人嗎？

曾經問過一位男性朋友：

「你會不會跟舊情人上床？」

「不會了。舊情人就像親人，你怎會跟親人上床？」他回答說。

日本女作家田口藍迪在《越笨的男人我越愛》一書裡提到她的一位已婚男性朋友，對方有好幾個情婦，常常忙裡偷閒跟她們約會。田口問他：

「你為什麼要這樣做？」

他說：「嗯……因為老婆已經是家人了，我不想跟她做愛。」

那麼，男人到底要跟誰上床呢？情人？女朋友？付錢買回來的性？

加西亞・馬奎斯的長篇小說《愛在瘟疫蔓延時》裡，主人翁阿里薩單戀一個女人五十七年之久，他對她一往情深。然而，在這五十七年間，他一直有召妓，並且曾經患上梅毒。

米蘭・昆德拉的《生命中不可承受之輕》裡，托馬斯深愛妻子特麗莎，她是唯一他願與之同床共寢直到天明的女人。然而，他從未間斷跟其他女人鬼混。

男人到底是一種什麼樣的生物？女人大概永遠不會理解。

當男人情深一片地說：「讓我們來組織家庭吧！我會一輩子照顧你。」在那個瞬間，他是很想將你變成他的家人吧？然而，變成家人意味著什麼？

性慾因愛而獲得了尊嚴，性慾也因為彼此太熟悉而失去了驚喜。時光往前流逝，有些東西卻會倒退。我們到底要不要成為家人？

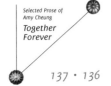

他能抱一個他不愛的人

男人比女人較能擁抱一個已經不愛的人。

當女人不愛一個男人，她不會願意擁抱他，除非他流淚哀哭，她才會於心不忍抱一抱他，否則，她只會替他翻一翻衣領，掃一掃肩膀上的塵埃，或者拍一拍他的手背，她不會擁抱他。擁抱一個人，畢竟需要付出感情。

但是男人卻可以。他已經不愛她了，可是看到她楚楚可憐的樣子，他還是會用力擁抱她，就像從前一樣。

一個女孩子說，已經分手一年了，但那次見面，他擁抱她，他是不是還愛她？如果他還愛她，那為什麼在放手之後，他卻說：

「不要再浪費時間在我身上。」

男人擁抱一個他已經不愛的女人，不過出於一種悲天憫人的情懷。

她需要他抱，她忘不了他，他於是義不容辭地抱她。他不愛她了，但是抱抱她是沒有問題的，他有這種紳士風度，他也有義務為舊女朋友提供一個懷抱。如果連一個擁抱都吝於付出，他未免太無情無義了。

男人的肩膀和懷抱，隨時可以慷慨就義；女人的肩膀和懷抱卻是愛情，只能留給她所愛的人。她會為愛情而收回她的懷抱和肩膀，男人卻會為情義付出肩膀和懷抱，他能抱一個他不愛的女人。

男人為什麼害怕承諾

男人害怕承諾，是因為他不是太愛那個女人，也是因為他太愛那個女人。

他不是很愛她，所以他吝嗇承諾。她說：「答應我，你永遠不會愛上別人。」他不答應，因為他還沒愛她愛到那個地步。為她而放棄其他機會，他還捨不得。他愛她沒有深到把她當作生命裡最重要的人。男人的承諾是珍貴的，他不會輕易付出。

對著一個他不太愛的女人，他不願意承諾；對著他深愛的女人，他卻無法承諾。

他太愛她了，他很想承諾，卻又害怕被束縛。一旦被束縛，也許他不會再像以前那麼愛她。

他太愛她了，他很想承諾，卻害怕做不到的時候會讓她傷心。

他太愛她了，他很想承諾，但是一旦承諾了，就代表他要放棄其他幻想，也代表他要改變自己的生活。他不禁懷疑，她是愛他這個人還是愛他的承諾。如果他不肯承諾，也許她就不愛他。

如果他深愛一個女人，有沒有承諾根本是沒有分別的。即使沒有承諾，他過的日子也像跟她有承諾一般。男人騙女人容易，騙自己難。他是一個有責任感的人，才會害怕承諾，他知道人要為自己的承諾負責。有些男人隨便承諾，因為他們沒想過要負責。

承諾本來就是男人與女人的一場角力，有時皆大歡喜，大部分情況卻是兩敗俱傷。

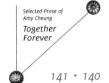

男人是沒有遊戲的

男人是會為了逞強而去追求一個女人的。他本來不是太喜歡她，當他知道有另一個男人正在追求她，那麼，他也會去追，為的是把另一個男人打敗。

男人是沒有遊戲的，他們只有比賽。任何的遊戲，對他們來說，都是比賽。下棋、橋牌、大富翁、電腦遊戲……所有這些，都是男人跟另一個男人，或者跟自己的較量。

追求女人，也是比賽。

比賽最重要的，不是過程，而是結果。為了勝出，他們會以為自己愛上的是那個過程。

他本來不打算約那個女孩子看電影，可是，當另一個男人約她去看電影時，他便也要帶她去看電影。

他沒打算送她回家，然而，當另一個男人提出要送她回家，他便馬上也搶著送她回家。

為了比另一個男人首先得到她的芳心，他甚至會改變自己去遷就對方。漸漸地，他以為自己正在戀愛，而不是比賽。他變得勇猛和威武了，也變得妒忌。

假如落敗了，他會把失敗美化成失戀。勝出了，他卻又清醒地知道自己是這場比賽的贏家。

可是，許多年後的一天，他終於知道自己其實是輸家。為了逞強，他得到一個他不太愛的女人，那個女人卻深深地愛著他。

愛情是不能報復的

愛情是不能報復的。一旦採取報復行動，你只會失去它。

有些女人很傻，她們以為以牙還牙就可以挽回一段愛情。男朋友在外面有女人，於是，她也出去找男人。然而，兩者的分別卻是她男朋友找自己喜歡的女人，她卻去找自己不喜歡的男人。她為了挽回一段愛情，竟去跟一個自己不愛的男人睡覺。她的男人並沒有因此而回到她身邊，他反而走得更遠。到頭來，她什麼也得不到。

女人不滿丈夫婚後每晚都出去應酬，把她一個人留在家裡。她決定採取一連串報復行動。他出去應酬，她也出去找節目，而且要比他更晚才回家。可是，她快樂嗎？她比以前更難受。她的報復，不但傷害了自己，也傷害了夫妻感情。

選擇報復，就是放棄溝通。當你決定報復，你是跟他各朝相反方向走。既然如此，你以為你和他還能夠在路上碰頭嗎？

女人比男人善於愛和報復。只是，水能載舟，亦能覆舟。我們常常受傷，也是因為我們太善於愛和報復。

當你清醒過來，你會發現，男人是從來不吃報復這一套的。他們會屈服在眼淚和微笑跟前，卻懷恨女人報復。男人比我們善戰，他們從小就砌航空母艦和戰機模型，我們是鬥不過他們的。

英雄與寵物

女孩子告訴我，她從前的男朋友在她心中是個英雄。他見義勇為，他時常保護她，他讓她覺得很自豪。可是，那又為什麼會分手呢？她苦笑說：

「你也應該知道，但凡英雄都不會是一個好的男朋友。」

是的，他是大俠，他是英雄，他可以保護她，卻不懂照顧她。

如果有人拿著一把刀要傷害她，他一定會擋在她前面為她挨一刀；可是，當她患感冒躺在床上想撒嬌的時候，他卻不解溫柔。

如果發生火警，他一定會揹著她一起逃生，絕對不會丟下她；可是，她覺得寂寞，需要他聽她訴訴苦，他卻會認為她無病呻吟。

如果沉船，只有一件救生衣，他一定會義無反顧地替她穿上，逼她逃生；只是，她需要關心的時候，他總是不在身邊。一對戀人，一起遇到火警或者遇上沉船意外的機會少之又少，愛上了英雄，又有多少機會可以欣賞到他俠義的一面？

英雄和大俠往往是差勁的情人，他們毫不了解女人，他們不知道女人需要英雄也需要寵物。一個好的男人，應該是英雄和寵物二者的化身。她有危難的時候，他充當英雄，她需要人陪伴的時候，他就乖乖地蜷縮在她身邊，做她的寵物，逗她開心，玩些把戲哄哄她。

如果他只是一頭寵物，女人會看不起他。

如果他只是一位英雄，女人又會覺得遺憾。

從來只有寵物變成英雄，例如義犬救主或者聰明肥豬叫醒主人逃離火場，哪裡有英雄變成寵物？女人愛上了英雄，就別期望他會變成寵物。

在天涯尋覓你

在雜誌社裡，聽到我的女編輯兇巴巴地在電話裡跟男朋友吵架：

「你去死吧！我不想再理你！」

她平常是很溫柔的，沒想到罵人這麼厲害，過了幾天，我取笑她：

「那天是不是罵你男朋友？他很可憐啊！」

她尷尬地說：「我們也不是常常吵架的。」

「你一向也是這樣罵男朋友的嗎？」我問。

「不，以前那一個我是不罵的。」她說。

以前那一個，她愛他比較多。她很緊張他，會做許多事情去讓他快樂。可是，她付出這麼多，始終還是得不到同樣的愛。

後來這一個，她愛他和他愛她一樣多，他們大家都緊張對方。從前，她以為還就一個男人便可以得到他的愛，今天，她寧願要自我。

也許，所有的愛情，都是要經過這些階段的。

你遇上一個人，你愛他多一點，那麼，你始終會失去他。然後，你遇上另一個，他愛你多一點，那麼，你早晚會離開他。直到一天，你遇到一個人，你們彼此相愛。

終於你明白，所有的尋覓，都有一個過程。

從前在天涯，而今咫尺。

期待，微笑，然後哭泣

W在電子郵件裡說，她與相戀四年的男朋友分隔兩地，她在美國，他在中國，兩個人只有兩年零六個月的時間真正在一起，現在只能靠書信和電話聯絡。

他們互相思念，想見又見不著，見不著的時候，她以為自己很愛他，一旦可以見面，她又覺得自己好像不需要他。她愈來愈迷惘，她應該放棄他嗎？

不要說相隔天涯，即使是近在身邊，有愛情，就有迷惘和懷疑。從愛上一個人那一刻開始，我們就不停在愛與不愛的問題上兜兜轉轉。見不著的時候思念他，見到他的時候又覺得不需要他，這是愛還是不愛？

也許，這就是愛情。思念，牽掛，期待，相見，微笑，然後哭泣。雖然最後會哭泣，但我們享受了思念、牽掛、期待和微笑的過程。而且，哭泣之後，若沒有分手，就是思念、牽掛、期待，然後再相見，不停的重演。

每一段愛情，都要經歷期盼和失落，猶豫和肯定，微笑和心碎。哭泣不要緊，只要曾經微笑，事後又思念，那麼，你還是愛著這個人的，然後再創造。沒有一種愛是不需要反覆驗證的。

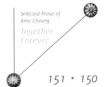

但願我比現在年輕

如果你還相信一個男人會改變，你不是太年輕，就是太幼稚。

那天聽到一個女孩子跟她媽媽說：「他會改的。」她說的是她的男朋友。她只有十九歲，不能怪她。可是，當我聽到一個二十九歲的女人說：「他會改的。」我認為她太幼稚。

年輕的好處，是我們相信人會改變，起碼我們可以用愛去改變對方。

年輕的悲哀，也是我們相信人會改變。

相信愛情可以令一個人改變，是年輕的夢，這個夢隨著年紀老大，也開始醒來。

他無法對一個女人忠誠，那麼，他就永遠無法對一個女人忠誠。

他自私，他永遠也自私。

他冷漠，就永遠不會變成一個溫暖的人。

浪子永遠是浪子。

他凡事拖拖拉拉，就永遠不會變得爽快。烈性子的他，不可能變成一個溫和的人。

粗心大意的他，也不可能變得細心體貼。

人永遠犯同一種錯誤，只是每次犯錯的情況和程度不同，修補的方法也愈來愈高明。

令男人改變的，也許是上帝的愛或者佛祖的慈悲，但絕對不會是女人。

你說，你會改變，我但願我比現在年輕，相信人會改變。

愛或不愛

從前總是認為只有愛或不愛，現在才知道，除了愛或不愛，還有其他。

不是不愛，也不是很愛，這才是大部分人的感情生活。

若你能找到一個你很愛他的人，這是你的福分。當你問起大部分人，尤其是男人，你問他們愛不愛身邊的女人，他們不會說不愛，也很難會說自己十分愛對方。

愛和不愛之間，還有很大的空間，有時候，甚至大得有點令人迷惘。

你有時覺得自己很愛他，有時又覺得自己不愛他。他不在身邊的時候，你會思念他，回味和他一起的那些美好日子。然而，當他在你身邊，你也許會想念著另一個人。即使不是如此，你也會常常跟他吵嘴，

你會嫌棄他這樣那樣，你會發覺他不適合你，你巴不得一個人生活。

你有一陣子愛他愛得瘋了，覺得他什麼都好，又會有一陣子對他完全沒感覺，你不想親他，不想跟他擁抱。

到底你是愛他還是不愛？假如不愛，為什麼又會思念他？假如是愛，為什麼有時候又會沒有感覺，甚至想放棄？

不是只有愛或不愛的嗎？為什麼我們卻在愛與不愛之間惆悵？

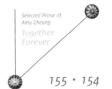

他才不會這樣對我

女孩子離開相識五年的男朋友，跟一個相識八個月的男孩子一起。

當初決定離開男朋友的時候，她痛苦掙扎了很長的一段時間，最後還是選擇了現在男朋友。可是，十一個月以來，她和他之間出現了很多問題。

當他還是第三者的時候，他對她好得沒話說，如今卻是另外一個樣子。她埋怨他跟以前不一樣，他卻說她對他要求太高了。

放棄一段經年累月的感情而投向另一個男人的懷抱之前，必須要認真地想清楚。

你為他放棄了一段長久的感情，你對他的要求也會相對地提高。他知道你犧牲了一段穩定的感情而和他一起，他也會給自己壓力。他不希望自己比不上你以前的男人。

快樂的時候，你也許不會去計較。然而，不開心的時候，你就會拿他跟你以前的男朋友比較。

你以前的男朋友是這樣的……

如果是你以前的男朋友，就會這樣做……

天天在比較，你開始後悔離開了以前的男朋友。有一天，你忍不住跟現在的男朋友說：「他才不會這樣對我！」

當你說了這句話，你們已經完了。

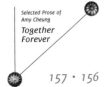

Part FOUR

帶著微笑付出

愛拚才會靚

上天對美人畢竟是殘忍的。不管她保養得多麼好，只要把她年輕時的照片拿出來比較一下，就會發現歲月還是悄悄帶走了一些東西。是的，它怎麼可能了無痕跡呢？

美人不經老，所以，很久很久以前，才會有一位遲暮的大美人輕輕嘆息道：

「美麗是一件很辛苦的事。」

我也曾親耳聽到一位男士在我面前逢迎鞏俐小姐說：

「唉！你來生也不要長這麼美麗，美麗真是自找麻煩啊！」

當時站在一旁的我，聽著幾乎昏了過去。這輩子可從來沒有人這樣恭維我喔！

然而，上天對醜小鴨卻是滿仁慈的。當她身邊那些紅豔的玫瑰開得翻翻騰騰的時候，誰又會去注意她？她是如此不起眼。可是，當玫瑰漸漸開累了、褪色了，人們突然發現，就在玫瑰花叢的邊邊，走出來一隻醜小鴨，她是什麼時候變美的？她為什麼好像不會老似的？

醜小鴨並非不會老，只要她爭氣些、努力些，時間的精靈也許會受到感動，偷偷延展她的時光，讓她一路改善，走向自我完成和自我完美的路——不一定會變成完美，卻起碼是走在追求完美的路上。

美麗原來是可以努力的。多讀點書，長智慧，長聰明，長見識，那樣你才會認識自己多一些。把靈巧的心思用在人生上，也用在外表上，培養氣質，學習品味，學會愛自己，換一個髮型，修修眉毛，照顧皮膚，留心牙齒，注意身材，你說不定會脫胎換骨。還有還有還有……誰又會否定愛情的美麗荷爾蒙呢？它比得上激光、脈衝光和肉毒桿菌。一個男人的癡情愛慕是他送給女人的一頂亮晶晶冠冕，所以，女人總是懷念愛情剛剛開始時那段患得患失和朝思暮想的日子，在她短短的生命裡，那是最美麗而又波瀾壯闊的一個時代。以後的感情和恩愛，都只是保養品而不是肉毒桿菌。

愛是一種意志，才可以與無常世事對抗。美麗又何嘗不是？你必須有一點好勝心，才能夠在命運的路途上扳回一城。只有傻瓜才會相信上帝是公平的。上帝的確偏愛了一些女人，又把遺憾留給另一些女人。然而，有一天，當醜小鴨羽化成天鵝，兩隻腳丫子走著走著突然離地起飛的時候，她終於明白，沒有遺憾，就沒有人生。愛拚才會靚。

幸福的領悟

人在不同的年紀，對幸福也有不同的定義。

小時候，一杯香蕉船已經代表幸福。長大之後，我們對幸福有更多的要求。

被自己愛的人所愛，是幸福；被他寵壞則更幸福。

能做自己喜歡的事是幸福。做自己喜歡的事，更且非常成功，更以此贏得榮譽和生活，那就更幸福。

容易滿足，是另一種幸福。

還會流淚，是幸福。

還有追尋，是幸福。

擁有希望和夢想，是幸福。

無求，是幸福。

自由，是幸福。

兒時，幸福是一件實物。

長大之後，幸福是一種狀態。

然後有一天，我們才發現，幸福既不是實物，也不是狀態。幸福是一種領悟。

我們曾經以為的幸福、我們曾經死命保住的幸福，原來都不再是幸福。

如果我的心靈沒有領悟，幸福也永遠不會昇華。

幸福是靈魂的覺醒，我們的心澄明清澈。

朋友，情人

我的一位朋友說，找朋友要找聰明的、有義氣和傻氣的。她解釋：「跟聰明的人做朋友，自己才會進步。有義氣的朋友可以信任。有三分傻氣的朋友，不會斤斤計較。」

我笑笑說：「找情人不也是這樣嗎？」

誰會愛上一個笨蛋？或者說，誰會明知道某人是笨蛋而仍然愛上他？

跟一個聰明的人戀愛，不管將來有什麼結果，不管是他傷害了你，還是你傷害了他，畢竟比較值得。起碼，在你那張愛情履歷表上，你愛過一個聰明人，而不是一個沒讓你進步的笨蛋。

愛情是一所最好的私人補習班，你愛的那個人愈聰明，你也會變得愈聰明。人生能愛幾回？要是可以選擇，要是你有這樣的福氣，當然要選聰明的那個人。

聰明卻薄情，那很可怕。所以，要愛一個聰明又有義氣的人。男女之義酷似朋友之義，不過，男女之義更深情和溫柔就是了。即使有一天分開了，當你需要他，他還是會全力以赴。只有這種情人，才不枉你愛一場。

聰明、有義氣，最好也有幾分傻氣吧？他會陪你做些孩子氣的事。你的笑話他聽得懂，他說的笑話常常讓你莞爾。他的幽默感使你永遠不會覺得日子沉悶。

然而，同樣的三個條件，情人終究是比朋友難找的。說到底，我們並不介意朋友沒那麼聰明。

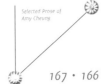

Sold

逛商店，偶然會看到有些貨物掛上一個寫著「sold」的牌子，說明貨物已經售出了，即使閣下多麼喜歡，已經來晚了一步。

有些男人也掛上了這個sold的牌子，他已經是屬於某個女人的了。既然已經賣出了，可為什麼還要放在你面前，讓你看到？你問：「有另外一件跟這件一模一樣的嗎？」

對不起，這是最後一件了。

你後悔，如果讓我先看到該有多好啊？為什麼要這樣折磨我？但是，好男人大部分都已經掛著sold，不好的，長年累月放在那裡沒人要。於是，也有兩種女人。

一種女人看到sold，聳聳肩離開。

另一種女人看到男人身上掛著sold，索性把這個牌子移到他脖子後面，當作什麼也沒看見。

男人說：「我已經賣出了。」

女人淒然說：「就當是售後服務吧。」

售後服務？女人自己也失笑。女人野蠻地為自己辯護：「誰教你還放在那裡？」

只是，要這種售後服務的女人，最終總是希望一直霸占著貨物。

已經賣出去的男人，只能夠等待原本那個女人退貨。肯退貨的女人，卻又太少了。

愛上掛了sold的男人，你應該知道，總有一天，要物歸原主。

上半身，下半身

男人要走，是留不住的。有些女人傻得用自己的生命去留住他，有些女人卻天真地用身體留住他，結果兩種女人都失敗。

愛情是由上半身開始的，然後是下半身。上半身和下半身契合，那是最完美的愛情。分手卻是上半身的事。

女人以為用身體可以留住一個不愛她的男人，她未免太高估自己的下半身了。

男人愛一個女人的時候，希望得到她的下半身，假使她只肯給他上半身，他也是願意的。有些男人可以長久地戀慕一個女人，他愛的是她的上半身——她的性格、她的智慧和她的靈魂。他就是喜歡看到她，跟她談天說地。他喜歡她，他會控制自己的下半身。他愛上她的時候，她身邊已經有另一個人了，她多麼愛他，也不能對不起別人。為了她下半生的幸福，男人寧願自己的下半身受一點煎熬。他知道，美麗而恆久的愛情，是上半身的事。

然而，一個男人決定離開一個女人，那是上半身的事。他變了，他不再愛她了，愛情漸漸消逝，往往是由上半身開始，他和她的上半身無法溝通，他也不想再跟她的下半身親近。

要用下半身去留住一個男人，那不過是想抓住他原始的衝動，這是多麼可悲的事？留住愛情的，是上半身。

當你把質料放在第一位……

當你買衣服時，把衣服的質料放在第一位，那就證明你進步了，同時，你也老了。

年輕人會把衣服的款式放在第一位，只要款式好，質料是可以犧牲的。況且，質料愈好，代表價錢愈貴，買一件衣服的價錢等於買三件，好的質料，別人不一定看得出來，只有自己感覺得到，這樣看來，實在不划算。我們寧願多買幾件衣服，也不要老是穿同一件衣服，質料好有什麼用？你不可能叫人家摸摸你身上的衣服。

把款式放在第一位，好比把男人的外表放在第一位。

我們總是嫌某某長得很醜，才不理會他有沒有內涵。我們迷戀那些長得好看的男人，反正每個男人都是花心的，不如選個長得帥的。

我們喜歡那些擅長說甜言蜜語的男人。笨拙的男人，我們才看不上眼。

手上有大把青春的時候，我們選的是款式。

然後，有一天，你終於發現，質料比款式永恆。穿一件質料不好的衣服，是跟自己的皮膚過不去，款式再好，質料太劣了，也是一件九流貨色。在質料和款式之間，若要犧牲其中一樣，你會犧牲後者。你懂得選擇，因為你已經走過很多的路。

一部分的完整

愛一個人的時候，你總是希望把自己完整地交給他。

毫無保留地愛他。

毫無保留地付出。

他是你唯一的。

如果你的生命裡缺少了他，就是不完整的生命。

只是，世上沒有一段愛情是完整的。

你從別人手上把他搶回來，你們終於可以廝守終生了，你以為你們經歷了最驚天動地的愛情，沒有人可以把你們分開。多年之後，他愛上另一個女人。你仍然深深地愛著他，他也曾經深深地愛過你，心甘情願為你拋棄一切，但你們之間還是出現第三者，你們的愛情不再完整。

你問他：「我們是不是不再完整？」

他垂頭無語，他和另一個女人又何嘗完整？他永遠不會和她結合。

二十一世紀了，我們對愛情的完整也許應該有一個新的見解——不要祈求永遠完整，只要有一部分完整就好了。

在互相鼓勵的那一部分，你們是完整的。

在共同奮鬥的那一部分，你們是完整的。

在毫無保留地付出的時候，你們是完整的。

有一部分完整，足以抵銷一部分的遺憾。

在煙波裡

有時我覺得很奇怪，許多女孩子和男孩子都問我：

「怎樣可以忘記一個人？」

人本來就是最善於忘記的動物。你根本不用害怕自己無法忘記一個人。你早晚會把他忘掉。當然，你不會完全忘記他。到了後來，你的記憶裡，只有往事的輪廓，細節已經模糊了。

你記得兩個星期前的週末，自己在哪裡吃飯嗎？

你記得初戀男朋友的生日嗎？

你記得你中學時最要好的一個同學的生日嗎？

你記得你在小學六年級時在別人的紀念冊上寫過些什麼嗎？

你說：「你太挑剔了！這些事情當然不記得！」

不是我挑剔。人生本來就是一個不斷忘記的過程。

即使沒有患上老年癡呆症，我們也不會記得所有事情。

你現在忘不了他，因為你還沒有愛上別人。當你愛上別人，你會漸漸把他忘記。

你說：「不！不！不！我絕對忘不了他！」

是的，愛意永在。然而，記憶已模糊，生活還是要繼續。往事，在煙波裡，愈來愈遠了。

捨就是取

我們常說取捨，取是得到，捨是放棄，可知道有時候要捨才可以取？肯捨，才能取得更多？不懂得捨，也就不懂得取。捨，也就是取。

聰明的女人，在捨的時候，就得到她想要的東西。

女人對男人說：「你不要理我，你忘了我吧。」男人偏偏不會忘記她，偏偏要理她。

女人對男人說：「你不用跟她分手，我退出好了。」男人卻會留在她身邊。

女人說：「你不要為我做任何事。」男人才會為她赴湯蹈火。

女人給男人自由，男人才肯受束縛。

女人不肯結婚，男人才會向她求婚。

女人不要男人的錢，男人才會把錢送上門。

女人不要名分，男人就給她最多的愛。
女人口裡說：「我不恨你。」男人才會覺得欠了她。
女人說不要，她將會得到最多。
女人首先了斷一段腐爛的關係，她將得到最大的尊嚴。
貪婪地取，到頭來只會失去。
願意捨棄，反而取得更多。
情場上的勝利者，通常不是那些什麼都要的女人，而是那些肯捨棄某些東西的女人。

地久天長的愛，
不是用誓言
來為對方戴上手鐐，
而是用信任把他釋放。

只是我們剛巧相愛

愛過一個男人，他柔情蜜意地跟我說：

「其實，我給了你很多自由。」

那一刻，我只好微笑提醒他：

「我的自由是我的，用不著你來給我。」

在愛中，人們常常渴望他人為了你的自由而甘心情願奉上自己的自由。對自由的放棄，意味著對愛情的忠貞。

我們因為愛上一個不自由的人而傷心遺憾。可是，當我們愛上一個自由的人時，卻渴望他放棄自由之身。

愛情是多麼的獨裁？我們想擁有的是對方的自由。他的版圖，唯我獨尊。

愛得天崩地裂的時候，我們甘願成為情人手上被飼養的小鳥或是被馴服的豹，也希望對方如此。然後有一天，我們開始懷念在天空中飛翔和在林間跳躍的日子。

我們甘願征服自己的自由，也只能維持一段很短暫的時光。地久天長的愛，不是用誓言來為對方戴上手鐐，而是用信任把他釋放。

你和我都知道，愛情裡並沒有絕對的自由。行動自由，心裡牽掛著所愛的人，默默信守彼此的承諾。天涯海角，總是思念著他，被他占據著，這豈是全然的自由？

何謂自由？

年少的時候，自由帶點任性。後來，我們用自由來兌換愛情。你是我的，你的自由也是我的。

然後，有一天，我們猛然醒覺，自由是內心的安靜。我可以心安理得去做想做的事。我是自由的，沒有背棄你，也沒有背棄我自己。我是天上的鳥，你是林中的豹，各有自己的一張版圖，只是我們剛巧相愛。

總勝過從未碰頭

二十五歲的M與男朋友相戀八年，他們一起經歷了許多快樂和不快樂的日子。那年，他考不上大學，她一直在旁邊支持他。第二年，他終於考上大學了，他們的感情更加鞏固。大學畢業之後，他們各自在兩個不同的行業工作，問題就來了。

每次見面，他都跟她談工作的事，彷彿工作就是一切。他不再跟她說親暱話，不再吻她和擁抱她。他們從來沒有性關係，他希望她在婚前是完美的。他是這麼好的一個男人，可是，現在他坦白地告訴她，他對她的感覺已經變得很弱，他不想再拖著她，他不想為了責任而跟她結婚，他要找的人不是她。她哭了起來，他也哭了。大家都捨不得分開。她仍然愛他，希望他回頭。只是，他已經沒有那種感覺。

她的房間裡全是這八年來他送給她的東西。他仍然關心她，但他不

再愛她。她問，怎樣可以令他對她再有愛的感覺？

你和我都知道，愛的感覺一旦消失了，幾乎是無法挽回的。相愛也是一種電波，這兩種電波的信號曾經是很強的，今天，電波變弱了，對方拒絕接收，你的發射網再強也是徒然的。

兩個曾經相愛的人，成長的路不同，那麼，唯一的結局就是各自走自己的路。每個人的路都不同，有幸相遇，無緣則分手。曾經相遇，總勝過從未碰頭。

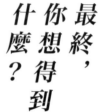

最終，你想得到什麼？

當你猶豫：「是否應該跟他分手？」

「是否應該跟他離婚？」

「應該選A君還是選B君？」

「是否應該繼續做第三者？」

「應該向他示愛嗎？」

「是否應該繼續單戀他？」

「我應該跟他結婚嗎？」

「我應該繼續通姦嗎？」

「我應該揭發他的婚外情，還是裝作不知道？」等等人生的大問題時，別浪費時間，你只需問自己，到了人生的終點，你想得到什麼，知道自己想得到什麼，那就很簡單。

你要的是愛情，他不愛你，那就跟他分手吧。你要的是錢和安定的生活，他不愛你，卻能提供給你，那就不要分手。

A君不羈，B君踏實，你不介意七十歲時孤單一個人，選A君吧。你希望七十歲時有人照顧，選B君吧。

丈夫和奸夫，你還是愛丈夫多一點，希望與他終老，那就不要再通姦。

人生最大的煩惱，不是選擇，而是不知道自己想得到什麼，不知道到了生命的終點，自己想有些什麼人在身邊。

別浪費時間了，想一想：最終，你想得到什麼？

不如暫停一下

讀書時參加過球隊的人都知道，在比賽中，「暫停」是很重要的。在適當時候運用暫停，足以影響勝負。

這是我們以前知道的，卻常常忘記。

你多久沒有用過「暫停」？

在跟人談判的時候、在爭取自己想要的東西的時候，適當地運用「暫停」，是買賣贏輸的關鍵。「暫停」有時會有意想不到的效果。出色的演說家在演說時往往在某些地方停頓一下，聽眾因此被他牽引著情緒。在爭取自己想要的東西，而又毫無進展的時候，你為什麼不暫停一下呢？叫「暫停」的一方，不一定會輸的。

在人生和愛情路上，你是不是很害怕「暫停」？

暫停一下，不一定是壞事。你們近來天天見面，開始有些厭倦了，那為什麼不暫停一下？你們近來的關係很緊張，大家都覺得很累，那為什麼不暫停一下？你們最近常常吵架，大家都有意思分手，但你捨不得，那麼，不如暫停一下。不必害怕「暫停」，「暫停」只是讓你好好想想自己到底需要什麼。

暫停，是為了走更長遠的路。

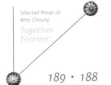

失戀的遲早問題

失戀是早一點發生好呢？還是遲一點好呢？這回事永遠沒有定論，只可以說，早有早的好，遲有遲的好。那是兩種不同的境界。

年輕一點的時候失戀，你會了解愛情。

老大一點的時候失戀，你會了解人生。

三十歲前，失戀就像發了一場可怕的高燒，或是不幸患上闌尾炎，總會好過來的。當你流過眼淚，哭過一場，當你悲傷過，你會發現，失戀只是青春期一個小小的傷口。那個傷口，曾經開出一朵月白的花兒，妝點了你年少青澀的日子。於是，到了後來，你能夠驕傲地對每一個人說：

「啊……我了解愛情！」

三十歲後，失戀便不是發燒感冒了，而是心臟搭橋（心導管）手術。你明明覺得自己已經很了解愛情，為什麼還會失戀呢？你不甘心地想：「失戀不是青春痘來的呢，為什麼我到現在還會長青春痘？」

當你趴在枕頭上哭過一場，當你喝過一杯愁腸百結的苦酒，你突然了悟，這就是人生啊！愛情雖然不是人生的全部，那無常卻是一樣的。

一天，當你從那個心臟搭橋手術康復過來，可以下床走動，來去自如的時候，你發現，那個小小的傷口，開出的不再是小花兒，而是一朵人造假花，它提醒了你，凡是有生命的東西也就有可能凋謝。終於，你帶著些許落寞的微笑同意，愛情從來就是一個人單槍匹馬的冒險，那麼，發生墜馬或失槍事件，也是在所難免的。

如果沒有了自己

你問：

「如果只有愛情，沒有了自己，會不會太沉重？」

如果只有愛情，沒有了自己，那不是沉重，也不是輕。那是空白。

愛情開始的時候，我們也許都偽裝過，想要成為對方心中的那個人，想要把自己變得比原本美好些，迷人些，使自己看上去更值得愛。

但是，這段日子很快就過去。我們都是純真的小狐狸，那根笨拙的尾巴沒多久就露出來了。

他終究會看到原本的我。許多年後的一天，他會牽著我的手，笑著投訴：

「當初被你給騙了啊！」

我也會說：

「是你騙了我呢！」

而其實，我們都知道，愛情開始的時候就是這樣。

誰不曾為了獲得愛情而稍稍美化自己？也稍稍美言自己？那是求愛的本能，動物盡皆如此。

然而，你不可能一直收起真正的自己來遷就對方。

一個愛你的人，是愛你原本的樣子。美貌會過去，青春會溜走，只有當他愛的是原本的你，才會長久。

沒有一段愛情值得你為之失去自己。

要是沒有了自己，你還能用什麼去愛人和被愛？

如果只有愛情，沒有了自己，那是卑微的空白，你終究還是會失去那段沒有自己的愛情。

女人的投資

好幾年前，一位投資專家朋友對我說：

「女人最好的投資，是投資在一個男人身上。」

他是鑽石王老五，對我進盡忠言，可能是怕我年老孤苦。

可他自己呢，一直也是單身，沒讓女人投資在他身上。可見投資與感情並不一樣。你總會找到一樣投資工具，但不一定找到一個值得投資的人。

無論是男人或女人，最好的投資，是投資在自己身上。當然，這項投資要有眼光。暫時虧蝕不重要，長遠來說，必須聰明絕頂。

投資在一個男人身上，到頭來也許血本無歸。但投資在自己身上，你永遠不會後悔。要栽培，首先栽培自己吧。連自己都栽培不起來，哪有資格栽培別人？要作夢，先作自己的夢吧，不要陪別人作夢。

把整個人生當作一番事業，投資就是經營。好好經營自己，勝過依賴別人。你可以找合作的夥伴，但夥伴不是永遠的，他也有自己的人生大業。有一天，大家或許要分道揚鑣。

我們見過許多女人投資在男人身上，有的翻了幾番，賺了；有的賠了。投資的過程，也許是快樂的；只是，這份歡愉抵銷不了自己賠上的時間和感情。

朋友的說話，只對了一半。最好的投資，是投資在自己身上，剩下的，再投資在男人身上。但你要設法讓他知道，這剩下的，是你全部。

愛，總是有條件的

不要說你無條件地愛一個人，愛，總是有條件的。

你可以什麼也不要，但是你要他愛你，這難道不是條件嗎？

父母愛子女，也是有條件的，條件就是他們必須是他的兒女，如果是別人的兒女，他不會愛他們，不會用生命保護他們。

女孩說：「我的確是無條件地愛他，我甚至不需要他愛我。」是的，即使他不愛她，她還是願意守候在他身邊一輩子，她愛他的才華。如果他沒有才華，她還會那樣義無反顧地愛他嗎？不會了。她的愛，還是有條件的。

女人可以愛一個頂沒用的男人，他沒才華，沒出息。女人說：「這還不算無條件嗎？」但她要他承諾永遠和她一起，要他承諾改過缺點。要一個男人付出承諾，這不是條件又是什麼？

男人說：「我就是愛她這個人。」如果她不是長得不難看，如果她不是那麼聰明，不是有他喜歡的性格，他還會愛她嗎？她必須符合他的條件才會被愛。

我們每一個人都是被有條件地愛著，也是有條件地愛著別人。不必心灰意冷，既然知道世上沒有無條件的愛，你應該努力使自己更具備條件去被愛，同時也該學習忘記一些條件去愛一個人。

那一點點已經不重要了

年少時候，大部分人都分不清喜歡和愛。我到底是喜歡這個人還是愛他呢？喜歡和愛有什麼分別？不喜歡他，根本不會愛他。

年紀大了一點之後，我們開始會分別喜歡和愛。喜歡就是喜歡看到他，喜歡跟他一起，喜歡跟他談天說地。但是，喜歡跟愛之間，還是有一段距離的。喜歡一個人，你不一定想跟他睡覺，也不一定會思念他，更不會想跟他有將來。愛比喜歡激烈得多了。有時候，我們覺得某某很好，偏偏就是差一點點。為什麼我喜歡他卻不愛他？就是差了那一點點。

喜歡一個人，是不會有痛苦的。

愛一個人，也許有綿長的痛苦；但他給我的快樂，也是世上最大的快樂。

這個時候，我們以為自己很清楚什麼是喜歡，什麼是愛。可是，當年紀再大一點，我們發覺自己再次分不清喜歡和愛。

以前，你會選擇你愛的人而不是你喜歡的人。即使找不到你愛的人，你也不肯屈就。

一個人年紀大了，對人也寬容了。喜歡一個人的時候，你除了喜歡親近他之外，也會關心他，為他付出，你甚至想跟他睡覺。這到底是愛還是喜歡？雖然還是差了一點點，但那一點點已經不重要了。

愛裡有許多傷痕

很早之前已經買了野島伸司編劇的《世紀末之詩》回家，一直等到現在才有時間看。今天剛剛看到第六回。兩個男主角有一段對話，老的跟年輕的那個說：

「愛裡有許多悲哀。愛裡有許多傷痕。」

這些都叫恨吧？

當你喜歡一個人，其實你包容了許多事情。當你愛一個人，你也懷抱著許多原諒。沒有單純的愛。

你愛著的那個人，曾經做過對不起你的事，傷了你的心。你原諒了他，因為你知道他是愛你的。可是，每一次吵架的時候，你又想起了他曾經怎樣對你。你也許一輩子也沒法忘記。

既然這樣，為什麼不分開呢？

然後，你發現，每一段愛情都無可避免會有傷痕。展示傷痕，是痛苦的。忘記傷痕，才可以重生。如果你以為愛情容不下一點瑕疵，那麼，你大概一輩子也找不到愛情。

愛裡面不但包含了許多悲哀和傷痕，還包括了埋怨、妒忌和輕視。我們每天都去學習怎樣忘記這一切。

為什麼要忘記？生命短暫。我們既然選擇了對方，那麼，我們就是要一起去追尋快樂，那些傷痕只是讓我們更珍惜歡笑的時光。

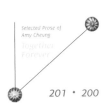

女人的修練

不見一個男人多年，他的變化其實不會很大，頂多是禿了頂或者長了個小肚子。可是，不見一個女人多年，她的變化卻可以很大。不是變好，便是變壞。

有些女人，幾年不見，忽然蒼老了。這不是歲月的痕跡，而是生活的痕跡。同樣年紀的兩個女人走在一起，其中一個也許會顯得比較年輕，可見歲月催人老，也有快和慢。

我們無法選擇歲月，卻有權選擇過怎樣的生活。

生活顛倒，不好好注重健康，也沒有靈性的追求，日子有功，樣貌就會變得平庸，那是多麼昂貴的護膚品也挽不回來的。

有些女人，本來不算漂亮，幾年不見，卻像換了個人似的，容光煥發。你可以猜到，這些日子，她多麼努力為自己增值。就像練武功一樣，一天不練功，只有自己知道。兩天不練功，別人會看出來。三天不練功，漸漸地，就廢了十年功力。

女人的日子，也是一種自我的修練。

同樣是失戀，有些女人放棄自己，有些女人卻比失戀前精采許多。你無法選擇不失戀，但你有權選擇失戀後怎樣過日子。

女人是隨時會嚇你一跳的。漂亮的女人固然不能小覷，聰明又漂亮的女人更不能小覷。聰明而不漂亮的女人也不能小覷，只要努力，她會蛻變。不聰明的女人，你也不要小覷她，那要看她有什麼際遇；際遇會改變她。

帶著微笑付出

V說：「雖然我愛他比他愛我多，雖然他一直沒有忘記以前的女朋友，他常常傷害我，但我還是會帶著眼淚不斷付出……」在愛情裡，付出是對的，但是帶著眼淚付出，那就是錯的。

為什麼要帶著眼淚付出？帶著微笑付出才有價值。

他不愛你，你付出多少也是徒然的。或許，你會換到他一刻的垂顧，甚至換到一段婚姻，但是你這一輩子仍是要帶著眼淚付出。眼淚總有流乾的一天，那個時候，你會恨他，你會抱怨他從來沒有愛過你。

愛情總得兩相情願，男人有時太婆媽，既仁慈也殘忍，他看見一個女人帶著眼淚不斷付出，他會心軟，不忍心叫她走，但是，帶著眼淚的付出，是一個沉重的擔子，他會與她共度餘生，同時又抱怨她令他失去許多東西。

帶著眼淚付出的人並不聰明，她只想得到回報，她是自私的，想用眼淚來逼對方就範。如果不需要回報，就該帶著微笑付出。

帶著微笑付出，那是最幸福的一種付出。是的，他就是這樣子，永遠改不了臭脾氣，永遠那麼衝動，但是我接納他所有的缺點，我願意帶著微笑付出，因為微笑，我才了解愛情。

因為懂得，所以慈悲

當有人問：「愛是成全還是擁有？」

我們或許都會回答說：「當然是成全。」

人總是把自己說得比原本善良和偉大一點。

要成全，是不容易的。對一個人的成全，意味著另一個人的犧牲。

有外遇的丈夫回家跟太太說：「我願意把我所有的錢都給你，請你成全我，跟我離婚吧。」

這樣的成全，根本是沒得選擇的。本來對他還有一點希望，他竟然用「成全」兩字來要求分手，那麼，也沒法不成全了。

我們不擁有任何東西，甚至自己的軀殼，也是暫借的。因為不擁有什麼，所以才會那樣渴望擁有另一個人。成全，便是要放棄全部或一部分。

我太愛你了，只好成全你，成全你去找自己的生活，或者去愛另一個人。我成全你離開我的懷抱，你去吧，不用掛念我。

這樣的成全，是因為我懂得你。我太了解你，太知道你的心意。這個就是我所愛的你，有什麼好說的呢？

張愛玲在寫給第一任丈夫胡蘭成的信上說：「因為懂得，所以慈悲。」胡蘭成是個用情不專的人，他一次又一次愛上別的女人。他跟另一個女人一起，生活費卻仍然是張愛玲給的。

因為愛，因為懂得，然後說服自己對你慈悲，再用慈悲去成全愛。成全是這樣的。

國家圖書館出版品預行編目資料

我們說好不分手：張小嫻散文精選 / 張小嫻著 . --
初版 . -- 臺北市：皇冠，2014.09
面； 公分 . --（皇冠叢書第 4416 種）（張小嫻愛情王國；8）
ISBN 978-957-33-3103-2（平裝）

855 103016567

皇冠叢書第 4416 種
張小嫻愛情王國 8
我們說好不分手

作 者—張小嫻
發 行 人—平雲
出版發行—皇冠文化出版有限公司
台北市敦化北路 120 巷 50 號
電話◎ 02-27168888
郵撥帳號◎ 15261516 號
皇冠出版社（香港）有限公司
香港上環文咸東街 50 號寶恒商業中心
23 樓 2301-3 室
電話◎ 2529-1778 傳真◎ 2527-0904
責任主編—盧春旭
責任編輯—湯家寧
美術設計—王瓊瑤
初版一刷日期— 2014 年 9 月

法律顧問—王惠光律師

讀者服務傳真專線◎ 02-27150507
電腦編號◎ 537008
ISBN ◎ 978-957-33-3103-2
Printed in Taiwan
本書定價◎新台幣 280 元 / 港幣 93 元

慶祝皇冠60週年，集滿5枚活動印花，即可免費兌換精美贈品！

參加辦法 即日起凡購買皇冠文化出版有限公司、平安文化有限公司、平裝本出版有限公司2014年一整年內所出版之新書，集滿**本頁右下角**活動印花5枚，貼在活動專用回函上寄回本公司，即可免費兌換精美贈品，還可參加最高獎金新台幣60萬元的回饋大抽獎！

●贈品剩餘數量請參考本活動官網（每週一固定更新）。●有部分新書恕未配合，請以各書書封（書腰）上的標示以及書內後扉頁是否附有活動說明和活動印花為準。●活動注意事項請參見本扉頁最後一頁。

活動期間 寄送回函有效期自即日起至2015年1月31日截止（以郵戳為憑）。

贈品寄送 2014年2月28日以前寄回回函的讀者，本公司將於3月1日起陸續寄出兌換的贈品；3月1日以後寄回回函的讀者，本公司則將於收到回函後14個工作天內寄出兌換的贈品。

●所有贈品數量有限，送完為止，請讀者務必填寫兌換優先順序，如遇贈品兌換完畢，本公司將依優先順序予以遞換。●如贈品兌換完畢，本公司有權更換其他贈品或停止兌換活動（請以本活動官網上的公告為準），但讀者寄回回函仍可參加抽獎活動。

兌換贈品

●圖為合成示意圖，贈品以實物為準。

A 名家金句紙膠帶

包含張愛玲「我們回不去了」、張小嫻「世上最遙遠的距離」、瓊瑤「我是一片雲」，作家親筆筆跡，三捲一組，每捲寬1.8cm、長10米，採用不殘膠環保材質，限量1000組。

B 名家手稿資料夾

包含張愛玲、三毛、瓊瑤、侯文詠、張曼娟、小野等名家手稿，六個一組，單層A4尺寸，環保PP材質，限量800組。

C 張愛玲繪圖手提書袋

H35cm×W25cm，棉布材質，限量500個。

詳細活動辦法請參見
www.crown.com.tw/60th

主辦：皇冠文化出版有限公司
協辦：平安文化有限公司　平裝本出版有限公司

60
印花

皇冠60週年集點暨抽獎活動專用回函

請將5枚印花剪下後，依序貼在下方的空格內，並填寫您的兌換優先順序，即可免費兌換贈品和參加最高獎金新台幣60萬元的回饋大抽獎。如遇贈品兌換完畢，我們將會依照您的優先順序遞換贈品。

●贈品剩餘數量請參考本活動官網（每週一固定更新）。所有贈品數量有限，送完為止。如贈品兌換完畢，本公司有權更換其他贈品或停止兌換活動（請以本活動官網上的公告為準），但讀者寄回回函仍可參加抽獎活動。

1. ＿＿＿＿＿＿＿＿ 2. ＿＿＿＿＿＿＿＿ 3. ＿＿＿＿＿＿＿＿

●請依您的兌換優先順序填寫所欲兌換贈品的英文字母代號。

1 2 3 4 5

□（**必須打勾始生效**）本人＿＿＿＿＿＿＿＿＿＿（**請簽名，必須簽名始生效**）同意皇冠60週年集點暨抽獎活動辦法和注意事項之各項規定，本人並同意皇冠文化集團得使用以下本人之個人資料建立該公司之讀者資料庫，以便寄送新書和活動相關資訊。

我的基本資料

姓名：＿＿＿＿＿＿＿＿＿＿

出生：＿＿＿＿年＿＿＿＿月＿＿＿＿日　性別：□男　□女

身分證字號：＿＿＿＿＿＿＿＿＿＿（僅限抽獎核對身分使用）

職業：□學生　□軍公教　□工　□商　□服務業

□家管　□自由業　□其他

地址：□□□□□ ＿＿＿＿＿＿＿＿＿＿

＿＿＿＿＿＿＿＿＿＿

電話：（家）＿＿＿＿＿＿＿＿　（公司）＿＿＿＿＿＿＿＿

手機：＿＿＿＿＿＿＿＿＿＿

e-mail：＿＿＿＿＿＿＿＿＿＿

□我不願意收到皇冠文化集團的新書、活動edm或電子報。

●您所填寫之個人資料，依個人資料保護法之規定，本公司將對您的個人資料予以保密，並採取必要之安全措施以免資料外洩。本公司將使用您的個人資料建立讀者資料庫，做為寄送新書或活動相關資訊，以及與讀者連繫之用。您對於您的個人資料可隨時查詢、補充、更正，並得要求將您的個人資料刪除或停止使用。

◎請沿虛線剪開、對摺、裝訂後寄出。

◎請沿虛線剪開、對摺、裝釘後寄出。

皇冠60週年集點暨抽獎活動注意事項

1. 本活動僅限居住在台灣地區的讀者參加。皇冠文化集團和協力廠商、經銷商之所有員工及其親屬均不得參加本活動，否則如經查證屬實，即取消得獎資格，並應無條件繳回所有獎金和獎品。

2. 每位讀者兌換贈品的數量不限，但抽獎活動每位讀者以得一個獎項為限（以價值最高的獎品為準）。

3. 所有兌換贈品、抽獎獎品均不得要求更換、折兌現金或轉讓得獎資格。所有兌換贈品、抽獎獎品之規格、外觀均以實物為準，本公司保留更換其他贈品或獎品之權利。

4. 兌換贈品和參加抽獎的讀者請務必填寫真實姓名和正確聯絡資料，如填寫不實或資料不正確導致郵寄退件，即視同自動放棄兌換贈品，不再予以補寄；如本公司於得獎名單公佈後10日內無法聯絡上得獎者，即視同自動放棄得獎資格，本公司並得另行抽出得獎者遞補。

5. 60週年紀念大獎（獎金新台幣60萬元）之得獎者，須依法扣繳10%機會中獎所得稅。得獎者須本人親自至本公司領獎，並提供個人身分證明文件和相關購書發票（發票上須註明購買書名），經驗證無誤後方可領取獎金。無購書發票或發票上未註明購買書名者即視同自動放棄得獎資格，不得異議。

6. 抽獎活動之Deseno行李箱將由Deseno公司負責出貨，本公司無須另行徵求得獎者同意，即可將得獎者個人資料提供給Deseno公司寄送獎品。Deseno公司將於得獎名單公布後30個工作天內將獎品寄送至得獎者回函上所填寫之地址。

7. 讀者郵寄專用回函參加本活動須自行負擔郵資，如回函於郵寄過程中毀損或遺失，即喪失兌換贈品和參加抽獎的資格，本公司不會給予任何補償。

8. 兌換贈品均為限量之非賣品，受著作權法保護，嚴禁轉售。

9. 參加本活動之回函如所貼印花不足或填寫資料不全，即視同自動放棄兌換贈品和參加抽獎資格，本公司不會主動通知或退件。

10. 主辦單位保留修改本活動內容和辦法的權力。

寄件人：

地址：□□□□□

請貼郵票

10547 台北市敦化北路120巷50號

皇冠文化出版有限公司　收